Pronoms personnels

Kate Tchiockett

Pronoms personnels

Nouvelles

© 2023 Kate Tchiockett

Édition : BoD – Books on Demand, info@bod.fr
Impression : BoD – Books on Demand, In de Tarpen 42, Norderstedt
(Allemagne)

Impression à la demande

Illustration couverture : Guylaine Gilles

ISBN : 978-2-3225-0138-0
Dépôt légal : Septembre 2023

We are such stuff
As dreams are made on, and our little life
Is rounded with a sleep. *

* *Nous sommes faits de la même étoffe que les songes,*
et notre petite vie est cerclée de sommeil

Shakespeare La Tempête Acte IV scène 1

Grâce à Robert Sctrick.

1. JE

Ce matin je ne suis pas d'humeur joviale. Comment peut-on l'être un jour d'intervention chirurgicale ? L'ambiance glaciale de la salle d'opération renforce ma contrariété : mon homme a refusé un câlin matinal. Alors que moi j'avais besoin d'un peu de réconfort, surtout avant de passer sur le billard. Ma réaction à l'accueil cordial de l'infirmière d'orientation à l'entrée du service a été grincheuse. Je me suis ensuite senti comme un objet sur une chaîne d'assemblage. En recevant, à chaque poste par lequel je passais, un élément qui me rapprochait de mon état final, je me trouvais à l'arrivée, attifé de tout l'attirail nécessaire : blouse, chaussons, charlotte. La lumière émise par la lampe au-dessus du champ opératoire est blafarde, blanche et aveuglante. On n'en demande pas plus à un projecteur scialytique qui supprime les ombres portées. Allongé sur la dure table d'opération, les bras le long du corps, emmailloté dans cette blouse chirurgicale semi-transparente qui couvre à peine ma nudité, j'ai déjà froid. Autour de la table, à peu près à hauteur de mes épaules, se tiennent une femme et un homme en tenue de chirurgien pour lui et d'infirmière pour elle. Ils portent eux aussi les blouses réglementaires, les masques et les charlottes ainsi que gants en latex. Moi, j'attends que l'opération commence.

Scalpel à la main, le chirurgien prévient l'infirmière :

– Ghislaine ? Ghislaine c'est ça ? Vous pouvez commencer l'anesthésie locale.

Et il me demande machinalement :

– Alors François ? François c'est ça ? Vous êtes prêt ? tandis que l'infirmière exécute son ordre.

Bon ben si on s'appelle par nos prénoms ! Lui c'est comment déjà ? Christophe ? Bon.

L'anesthésie locale me permet de profiter d'une partie de ce qui se passe et de ce qui se dit pendant qu'ils s'affairent. Je les observe à tour de rôle. J'ai l'impression que l'infirmière du jour est toute impressionnée par la réputation de Christophe. Lui semble tranquille, un peu désabusé, le blasé qui fait ça dix fois par jour, tous les jours, la routine. Lassé, il me regarde à peine en préparant ses instruments. Il s'acquitte d'un boulot qui ne le passionne pas, mais il est concentré. J'aime autant : il ne faudrait pas qu'il me rate ! Je ne tiens pas à revenir tous les quatre matins !

– Vous avez vu comme il nous dévisage ? Il nous regarde l'un après l'autre en se demandant ce qui va lui arriver ! s'exclame Ghislaine sur un ton quelque peu moqueur qui m'énerve immédiatement.

Quelle cruche ! Il se trouve que sans mes lunettes, je suis condamné à écarquiller les yeux pour voir le monde. Et cette formulation d'épicière qui s'adresse au client à la troisième personne. Je ne vois pas l'expression de sa bouche, cachée par son masque, mais je remarque bien l'absence des petites rides

1. JE

du sourire autour des yeux. Le plus probable est qu'elle cache ses touches sadiques derrière des déclarations altruistes, ce qui n'est pas rare chez les soignants. Cette pensée renforce mon envie de lui crier : « Vous serait-il possible, chère madame, de vous adresser directement à moi ? Dans cette situation, c'est quand même moi la personne la plus importante, non ! De plus, je ne me demande pas ce qui va m'arriver, je sais très bien ce qui va m'arriver puisque c'est moi qui l'ai décidé ! J'ai bac plus quarante, chère madame, alors j'ai largement les capacités pour trouver sur Internet tous les détails de cette opération ! Et j'en sais d'ailleurs peut-être même plus que le chirurgien lui-même d'un point de vue statistique sur les suites opératoires et les conséquences physiques et psychologiques de l'intervention ! »

Grrrrr... Elle profite de ma posture désavantageuse pour me rabaisser davantage. La domination est facile à exercer sur une personne désarmée, toute nue dans sa blouse chirurgicale. C'est humiliant et mesquin. L'infantilisation du patient ne sert au soignant qu'à se rassénérer narcissiquement. Cette sorte de mépris pour moi pourrait bien n'être que la partie visible de l'iceberg de sa noirceur intérieure. Il faut se trouver bien laid soi-même pour dénigrer le monde, l'estimer hideux et s'en trouver beau. Très désagréable à vivre, cette emprise ! Ghislaine espère ainsi sans doute établir une position plus enviable aux yeux de son interlocuteur, qui est beaucoup plus important qu'elle dans la hiérarchie hospitalière, puisqu'il est mandarin... je veux dire chirurgien, lui. Encore une hystérique féministe prête à castrer tous les mecs ! Mais ce n'est pas le moment de se rebiffer ni de les agresser, compte tenu de ma position de faiblesse. Une autre fois, peut-être, mais quand ? Je ne les reverrai jamais, et il n'y a probablement pas d'entretien post-opératoire de prévu, pas plus avec le chirurgien qu'avec l'infirmière. Si l'hôpital se souciait du bien-être psychologique des patients, ça se saurait ! Je m'imagine, très remonté, me lançant dans un discours blessant sur l'insupportable pouvoir médical et les mécanismes profonds de la domination. Il s'agit souvent de faire subir à l'autre ce que l'on a subi soi-même afin de restaurer une bonne image de soi. En dominant, rabaissant, méprisant, on se donne l'illusion d'être un grand tout-puissant, un dieu, qui décide et contrôle tout et en particulier d'autres personnes. Cela me calme un peu. Mais comme aujourd'hui je suis à leur merci, je me contrôle pour éviter tout signe extérieur d'agacement intérieur et maîtriser mon envie de crier. Cette niaise n'a même pas vu mon regard de tueur !

Lui, superbement, ignore la petite phrase moqueuse de celle qu'il doit considérer comme une subalterne et il commence à travailler en silence, ce dont je lui sais gré, encore que j'aimerais bien qu'il commente ce qu'il me fait. C'est que je n'y vois rien, moi !

Une main invisible a allumé une radio qui joue un air de musique classique. Madame « un peu tarte » se souvient alors :

– Ah ! je voulais vous dire Christophe, j'ai écouté l'opéra de Mozart hier, c'est magnifique, hein ?

J'imagine l'expression bêtasse et condescendant sous le masque, je vocifère en moi-même, tel un cocher sans instruction et sur un ton digne de Fréhel : « Ben, ma bonne dame, j'en ai rien à faire ! En plus l'opéra c'est un truc de bourges ! Pis, quand on dit qu'un opéra est magnifique, on ne dit pas *hein* à la fin de sa phrase, ça fait pas très distingué ! »

– Oui, répond-il, je trouve ça très bien, l'opéra. Je te l'avais dit Ghislaine, poursuit-il, que…

Tout à mes efforts pour ne pas montrer de signe de contrariété, je reste un bon moment sans prêter attention à ce qu'ils se racontent. Cependant je remarque qu'il la tutoie et

1. JE

qu'elle le vouvoie. Ah ! ce ton paternaliste du patron de la boutique… Il faut bien montrer que le chef ici, c'est lui.

Lorsque j'atterris de nouveau dans leur conversation, le bavardage porte sur la musique classique. Je perçois une once de supériorité dans le ton de Christophe, il s'agit de montrer qu'il est cultivé. J'entends aussi le monde petit-bourgeois de celui qui est né dans l'aisance matérielle et que la vie n'a pas encore fait souffrir moralement. Ghislaine essaye d'avoir le ton d'une bonne élève qui a l'ambition d'intégrer ce monde-là un jour mais, pour lui, ce n'est qu'une infirmière. Ils ne sont pas issus de la même classe sociale, c'est évident.

Je les trouve très peu concentrés sur leur tâche, alors je grogne. Et voilà qu'il interprète mon *Groumfff !* non comme un rappel à l'ordre mais comme un cri arraché par la souffrance :

– Ah ! c'est douloureux ? N'hésitez pas à le dire François, je rajouterai un peu de novocaïne.

Il parle du produit anesthésiant. Je ne sais pas exactement quel mot il emploie mais je trouve novocaïne très bien, il me rappelle le rouge à lèvres de Marylin dans *Les hommes préfèrent les blondes*, celui qui fait tourner la tête de son amoureux après un baiser. Malheureusement pour moi, en cet instant, je ne suis pas suffisamment étourdi, embrumé par de délicieuses vapeurs, pour éviter de discerner chacun de leurs propos sans intérêt pour moi.

Christophe semble de nouveau s'appliquer à sa besogne. Mon grognement, comme une sorte d'invocation à la concentration, a produit son effet. Mais Ghislaine, décidément pénible, s'appuie de toute la force de son avant-bras sur moi et continue à papoter, sans paraître se rendre compte de ma présence ! Je grogne de nouveau :

– Groumfff !!!

– Je vais vous remettre un peu de produit, répète-t-il.

C'est manifestement sa seule réponse ! Quand le patient râle, il augmente les doses d'anesthésiant. Il ne veut pas entendre les patients se plaindre de leur douleur, cela lui gâcherait-il le plaisir d'opérer ? C'est son heure de gloire à lui, chirurgien. Le patient doit être inexistant pour qu'il puisse lâcher la bride à ses pensées pendant que ses mains effectuent des gestes mille fois répétés. Toujours pas le moindre mot à mon intention qui m'expliquerait l'état d'avancement des travaux. Et moi qui m'abstiens de signaler combien les gestes et les paroles de Ghislaine m'horripilent...

Cependant je sens que l'atmosphère a changé. On se croirait maintenant dans une cathédrale. L'ambiance est provoquée par la musique religieuse qui emplit l'espace sonore.

– Est-ce qu'on peut mettre autre chose que de la musique d'église ? demande Christophe. Je suis croyant, mais la musique d'église...

Travailler en musique est très pratique, puisque cela dispense de parler aux personnes présentes autour de soi, à commencer par le patient.

On met radio Nostalgie et on entend la voix d'Aznavour.

Rompant l'absence de paroles qui s'est fugacement installée, je me lance :

– Ah ! Aznavour, dis-je, sur le ton dont on évoque un bon souvenir.

– Mais je vois que vous suivez François ! dit-il moqueur à son tour.

Je poursuis légèrement snob :

– J'ai vu par hasard son spectacle un été, sur la place Saint-Marc, à Venise. J'ai ainsi été consolé de ne pas pouvoir admirer la place elle-même puisqu'elle était totalement encombrée par la scène et les chaises pour le spectacle. J'adore sa chanson *Comme ils disent*.

1. JE

Il faut bien que je leur montre que je ne suis pas n'importe qui ! que j'ai les moyens de voyager ! que je connais le répertoire d'Aznavour ! ce qui me fait entrer dans le jeu d'« à qui la plus grosse ? »…

– De toute façon on ne voit jamais rien. Venise, c'est trop touristique, réplique-t-il d'un ton désabusé… On peut en dire autant de toute l'Italie : l'été, il y a trop de touristes.

Monsieur « j'ai toujours raison » a tellement tout vu qu'il s'ennuie. Et tout en étalant sa réussite sociale, il montre la perte progressive de sa joie de vivre. Comme s'il prenait conscience de la médiocrité de sa vie dérisoire maintenant qu'il a tout, il rencontre le vide en lui ; au fond il n'est rien. À quoi ça rimerait d'en rajouter ? Je renonce à évoquer mes petits bonheurs vécus dans les coins désertiques des Pouilles ou de Sardaigne. Inutile de lui parler du verbe être alors qu'il ne jure que par le verbe avoir.

La conversation mondaine se poursuit sans moi, entre eux, banale, remplie de poncifs sur l'Italie surpeuplée en été, l'Espagne – et notamment l'Andalousie – où il reste quelques coins désertiques. Il parle de Tolède, que je ne connais pas, et de curiosités artistiques apparemment très célèbres que je ne connais pas non plus. Le tourisme aussi est orienté politiquement.

Puis ils travaillent un moment sans mot dire. C'est Ghislaine qui rompt le silence pour évoquer son passé dans un service de cancéreux et ce qui l'attend dans un autre service. Cette fille est donc en stage dans ce bloc opératoire, qu'elle doit bientôt quitter. Les infirmières de bloc se situent assez haut dans la hiérarchie symbolique de la catégorie, ce qui explique le petit air supérieur de cette jeune femme. Or le point culminant symbolique pour les infirmiers est atteint lorsque le travail se fait au bloc opératoire des urgences. L'absence d'intérêt pour les patients qu'elle a révélé aujourd'hui m'incline à croire qu'elle y accomplira parfaitement les tâches qui lui seront dévolues. Ce peu d'humanité et le manque de compassion pour le patient sont exactement ce que requiert ce type de poste. Malgré notre éphémère rencontre j'imagine qu'elle réussira à devenir cette infirmière-robot, qu'on dira "blindée", tel un mauvais personnage déshumanisé de série télé.

Signe que l'opération est bientôt finie, Ghislaine tutoie Christophe maintenant. Et, d'un seul coup ça piaille dans la salle ; des voix nombreuses s'élèvent derrière moi, toujours allongé sur la table d'opération, et j'identifie à l'oreille un groupe de femmes.

Enfin, môôôsieur le grand chirurgien-mandarin à qui tout réussit – je suis sûr qu'il a une femme sublime selon les canons de beauté actuels et des enfants merveilleux qui ont intégré des écoles supérieures prestigieuses – explique au demeuré qu'il pense avoir eu sous son scalpel :

– Je les laisse faire, à partir de maintenant François, ce n'est plus moi qui vous ferai des misères.

À l'idée que dorénavant ce sont les infirmières qui vont me prendre en charge, comme elles disent, toute mon agressivité intérieure s'écroule pour laisser libre cours à l'affolement. Vais-je être capable de décocher quelques sourires crétins en guise de réponse aux questions qui seront forcément exaspérantes de cette basse-cour en blouse blanche, bleue, rose ? Comment supporter, sans proférer d'injures ni d'invectives, le désespoir d'être traité en abruti ?

– Alors, comment il va, le petit monsieur ? Ça s'est bien passé, on dirait ! me demande l'une d'entre elles.

– Ben non, ça ne s'est pas bien passé. Groumfff !!!

1. JE

Le Mauvais Sort, rubrique des faits divers

Un ex-patient accuse Ghislaine T., infirmière affectée dernièrement au bloc opératoire des urgences de notre hôpital, de la mort prématurée de son vieux mari et déclare :
– Ayant subi moi-même les mauvaises œuvres de Ghislaine T., il y a quelque temps, lors d'une opération en ambulatoire effectuée de main de maître par le Pr Christophe L., chirurgien renommé de notre région, je pouvais prédire que pour mon époux l'issue serait fatale !

2 . TU

Je t'attends.

Je sens bien que tu ne rentreras pas cette nuit. Deux heures et demie : il est trop tard pour le dernier métro. Donc tu dors chez quelqu'un. Je l'espère. Sinon tu serais rentrée. Je redoute déjà un départ définitif.

Où es-tu ? J'espère que tu n'es pas couchée fin soûle sur l'herbe des quais de la Seine, seule ou avec d'autres, dans le froid, la nuit et l'humidité. Tu n'as fait qu'enfiler ton manteau rouge pour sortir, j'ai remarqué que tu ne t'encombrais ni d'un bonnet ni d'une écharpe supplémentaire. Ton manteau suffira-t-il à te préserver du froid ?

C'était du moins ton intention quand tu en as dessiné le modèle, avant d'en confier la réalisation au couturier-costumier de Casablanca, celui qui a une drôle d'échoppe, tu sais bien pourquoi je dis drôle : elle n'a rien de spécial à première vue, c'est l'atelier tout ce qu'il y a de plus traditionnel, comme ceux de Dakar dans tes souvenirs : des chiffons partout, des bouts de fil, des ciseaux et deux très vieilles machines à coudre ; non, la bizarrerie provenait de la présence d'une personne à sa machine, la plupart du temps, dont tu n'aurais pas su dire avec certitude s'il s'agissait d'un garçon, d'une fille ou d'une femme trans. Le patron avait parlé de « nièce » en la présentant et tu avais immédiatement pensé à une esclave domestique. Une chevelure très brune tombant sur les épaules sans rien pour la retenir, une légère couche de fond de teint appliquée sur l'ovale du visage, des lèvres charnues contrastant avec un nez filiforme, un trait de crayon en guise de sourcils pour être au goût du jour, tout désarçonnait dans cette face sans rides mais qui faisait si vieille. Quel âge d'ailleurs donner à quelqu'un sortant à ce point de l'ordinaire ? Elle était employée à des bricoles, un ourlet, un bouton, un coup de fer sur des pièces attendant d'être assemblées : était-ce parce qu'elle était simplette ? traumatisée, peut-être ? et si oui, la maltraitance était-elle récente, ou remontait-elle au passé ? À l'oncle, on aurait donné le bon Dieu sans confession : lui, faire du mal à cette jeune femme ? Elle n'était pas toujours à son poste, mais le patron ne donnait aucune explication à cette absence lorsque tu la remarquais à voix haute. Comment savoir si la jeune personne effectuait quelque part un séjour en psychiatrie ou si elle se reposait à la campagne auprès des siens ?

Et si c'était tout l'inverse ? Si la famille l'obligeait à être homme alors qu'elle voulait être femme ? Il n'en était même pas question, pour la famille, pas question d'accueillir cette différence : qu'auraient dit les voisins, tous les gens du village ? Quelle honte ! On n'a pas idée ! être un garçon est souvent une position enviable, d'autant plus en terre musulmane ! Pourquoi vouloir devenir femme opprimée ? Son

2. TU

oncle serait-il un bon Samaritain qui l'a recueillie et acceptée avec sa différence pour la protéger des vindictes familiales ? Dans l'anonymat que lui confère une grande ville comme Casablanca, elle est moins exposée aux obligations morales de la bienséance. Elle ne veut pas devenir femme, elle se sait femme, elle n'a pas le bon corps pour ça, un point c'est tout ! Le sexe qui lui a été assigné à la naissance par le médecin-accoucheur n'était pas le bon, pas la peine d'aller chercher plus loin ! Ses longs bras très fins laissent apparaître les tendons, comme ceux d'une serveuse de café parisien. Le regard est doux malgré les yeux très noirs, parfois une étincelle de vie les allume, quand elle approche son visage de chacune de tes joues en posant une main sur ton épaule pour une sorte d'accolade-bise dans laquelle les visages ne font que s'effleurer. Mais sa main t'agrippe furtivement. Est-ce un message transmis à la dérobée pour appeler au secours ? Que cache cette posture de soumission, comme si la tension due à la retenue de l'appel à l'aide s'était transformée en de l'effacement de soi ? « Excusez-moi d'être là, semble dire cet effleurement. Je ne sais même pas pourquoi je continue à vivre. Mais la survie est mon destin, c'est plus fort que moi. »

Tu crois deviner cette nécessité de vivre derrière sa posture surprenante. Tu n'arrives à échanger que quelques banalités d'usage avec elle, car elle est loin de maîtriser le français, ce qui ne favorise guère la communication. Il reste les regards, les mains qui s'accrochent, l'envie inexpliquée que tu as de prendre dans tes bras cette curieuse jeune femme.

L'oncle-patron non plus ne parle pas bien français, ce qui ne t'aide pas pour expliquer ce que tu veux, toi qui, de ton côté, ne parles pas arabe ! Bien sûr, il est le seul à noter les commandes et à prendre les mesures, tout en s'efforçant de comprendre la forme que tu souhaites. Il émet des réserves sur la faisabilité du modèle dessiné... je devrais dire griffonné, car ton trait manque totalement de la technique qu'il faudrait pour qu'on se fasse une idée du volume. Il déroule le morceau d'étoffe que tu as apporté, plie, déplie et replie le cashmere en provenance d'Italie, tentant d'évaluer s'il y en a suffisamment pour réaliser ton modèle. Heureusement que tu lui as fourni des compléments d'explication, sans quoi il n'aurait jamais pu comprendre à quel point tu tenais au grand drapé et à l'ampleur du tissu. D'ailleurs tu as un peu négligé de préciser ce que tu voulais pour le col, et de ce point de vue il est raté. On n'y retrouve pas l'intention majestueuse que tu avais mise dans le corps du vêtement.

– Une doublure ? demande-t-il

– Oui, en velours rouge. Je veux un manteau très chaud.

Et le voilà qui recommence à plier, à déplier et à replier, mais la pièce de velours cette fois. Puis le verdict tombe :

– Ça va ! dit-il.

– Pour quand ? demandes-tu.

– Bientôt… répond-il.

Ce *bientôt*, tu le connais bien ! Il signifie jamais ! Il faudra revenir régulièrement pour le relancer, car il a beaucoup de travail, et il œuvre en priorité pour le cinéma, qui lui commande des costumes. Parfois tu as pensé t'installer dans l'atelier pour le regarder faire, d'abord parce que tu aimes voir travailler les couturiers, ce qui te rappelle ta grand-mère, et puis parce que c'est un bon moyen de s'assurer qu'il travaille pour toi. Mais autant on peut prendre ses aises dans certaines boutiques au Sénégal, autant ici, à Casablanca, une femme – et seule de surcroît – dans l'atelier de couture d'un homme, la chose n'est pas envisageable. Alors tu multiplieras les visites, histoire de presser un peu le mouvement et de procéder à des essayages. Il finira par te livrer le manteau à domicile à 11 heures du soir, la veille de ton retour en France. Il restait à enlever quelques faux-fils et à finir de coudre un

2. TU

bouton. Il l'a fait sur place devant la valise grande ouverte, presque prête pour le départ du lendemain matin à la première heure. Tu as enfilé la merveille et laissé exploser ta joie dans une salve de compliments :

– C'est tout à fait ce que je voulais ! Bravo, c'est toi le meilleur ! as-tu dit en tournant sur toi-même pour faire virevolter l'ample tissu autour de tes jambes.

Lorsque nous sortons et que tu te drapes dans ce manteau de reine, en fin lainage doublé de velours, tu n'as pas froid. Nous pouvons ainsi nous promener longtemps avant que tu te rendes compte que moi, en revanche, je me pèle ! Pourtant ce devrait être à toi maintenant d'être attentive à moi. Les passants regardent intéressés cette parure inhabituelle et l'équipage singulier que nous formons. J'adore ce manteau. Il porte ton odeur. Celle des manteaux qui sortent le matin dans les rues désertes quand nous allons nous promener toutes les deux et celle des fins d'après-midi parfois humides en cette période automnale. L'humidité pourrait lui donner une légère odeur de moisi si tu ne le mettais pas à sécher sur le radiateur en rentrant.

Et ce rouge !...

Mais pour le moment je m'inquiète pour toi. Avec tes lunettes originales en forme de papillon aux bords tachetés noir et jaune, tes cheveux courts sur la nuque dont tu retiens les longues mèches de devant avec des peignes en plastique noir, le rouge à lèvres très, très rouge, que tu appliques en deux couches après le remplissage des lèvres au crayon, les rides du lion entre tes deux yeux et ce grand manteau rouge qui attire le regard, on pourrait t'agresser. Tu n'es pas costaude, un mètre et demi, c'est peu pour se défendre, surtout face à plusieurs. Tu ne feras pas le poids, et moi, je ne suis pas là pour brailler et rameuter les passants.

Tu n'as pas fermé la porte à clé et tu as laissé la lumière allumée sous le porche, j'en déduis que tu as prévu de rentrer. Revigorée à cette idée, je redoute moins la solitude et je suspends un moment ma consternation. Mais, infidèle, tu ne rentres pas.

Vas-tu revenir dès potron-minet avec le premier métro, épuisée, pour te jeter dans ton lit ? Par chance, la chambre donne sur le jardin, sans quoi les travaux dans la rue t'empêcheraient carrément de dormir. La journée va être difficile pour toi après cette nuit blanche. Et moi, avec cette insomnie provoquée par l'attente, il vaudrait mieux que je me rendorme, si je veux être vigilante demain.

Où es-tu ? Avec qui passes-tu cette nuit ? Es-tu au chaud dans un lit ou affalée dans un canapé inconfortable ? Ou sur un tapis par terre ? Ton inconstance me brise.

Je t'attends. Sans renoncer.

Alanguie, à plat ventre, pattes avant sous le museau ou museau posé sur le bord du panier que je grignote de temps en temps, les pattes arrière repliées sous mon ventre, enfoncée dans le coussin et la couverture de ma panière, résignée, je t'attends, je te guette.

Ma patte gauche s'agite, elle remue d'impatience. Je peux l'en empêcher, mais à quoi bon ? Décidément je ne me rendormirai pas maintenant.

Je me suis levée pour pisser sur le tapis de la salle de bain, pour montrer à quel point je désapprouve ces éternités où tu te désintéresses de moi. Je sais que tu vas me gronder quand tu découvriras la tache ronde et que tu mettras le tapis dans le lave-linge, mais il faut bien que j'exprime sans réserve,

2. TU

encore et encore, que je n'aime pas du tout, mais alors pas du tout t'attendre !

Je me recouche pour être au chaud dans mon panier. J'éternue. C'est l'écart entre la fraîcheur qui règne dans la maison la nuit et la chaleur du coussin qui me fait éternuer. Une fois, deux fois. Je décide de m'extirper de cet endroit pour aller t'attendre au salon. De toute façon je ne vais pas me rendormir. Dans deux heures, peut-être. En général les insomnies durent environ trois heures. J'esquisse quelques pas vers la sortie, désappointée, je comprends que ce n'est pas l'heure habituelle du lever et qu'il faut reporter l'idée d'une promenade dehors. De toute façon tu n'es pas là pour m'ouvrir la porte. Je vais me caler contre le grand coussin du canapé du salon pour voir venir.

Tout ce temps que je passe à t'attendre et à souffrir de cette attente !

Signe que nous allons sortir, dès que tu enfiles ton grand manteau rouge je m'agite, il est promesse de plaisir. Lorsque ce n'est pas le cas, la déception est effroyable.

– Tu gardes la maison ! m'ordonnes-tu, annonçant mon attente prochaine.

Quoi, tu sors sans moi ! Je vais être seule, délaissée, isolée, peut-être pour toujours ! Je te sais intraitable, et je ne me rebiffe pas. J'accepte cette torture qui s'annonce. Je n'insiste pas, je n'essaye pas de me faufiler vers la sortie en passant entre tes jambes. J'obéis en baissant la tête entre mes pattes pour te montrer que je suis déjà très malheureuse avant même que tu ne me laisses.

Dès que tu es partie, je jappe pour me plaindre et signifier mon mécontentement, puis je gémis. Je ne suis pas encore trop vieille, j'ai toujours l'ouïe fine et de l'intérieur de la maison, du couloir où se trouve mon panier, je ne manque jamais d'interpeller toute personne passant dans la rue pour lui signaler que je suis là et toi non.

L'injonction d'avoir à garder la maison me contrarie, puisque je vais devoir attendre. J'essaye de temporiser par une petite sieste, mais je me réveille déçue d'être encore seule. Bientôt malheureuse, je n'arrive pas à rester à t'attendre, tranquillement installée dans mon panier. Le chagrin, puis la détresse m'envahissent ; je suis sûre que tu ne vas pas revenir, que je suis abandonnée pour toujours. Je pleure beaucoup, j'appelle à l'aide, inlassablement, avec l'espoir de te voir de nouveau ici, je ne renonce jamais. J'espère qu'en criant très fort je vais te faire rentrer. Comme il n'est pas certain que mes cris soient entendus, consternée de constater que l'aide ne vient pas, je me plains encore plus fort. Lorsque je suis presque à bout de forces, j'entrecoupe mes gémissements d'appels déchirants.

Une fois les voisins sont venus râler parce que j'avais gueulé tout l'après-midi. Les bourriques ! En guise de punition, comme si garder la maison ne suffisait pas, maintenant, quand tu sors, j'ai droit au collier : je n'ai pas le droit de me plaindre lorsque tu t'absentes ! C'est un monde, tout de même ! Non contents d'avoir fait la sourde oreille des heures durant à mes hurlements de désespoir, ils me font punir ! En fait ils veulent ma mort, il n'y a pas d'autre explication. Ce jour-là je me suis égosillée parce que je savais qu'il y avait des gens dans la partie basse de la maison, j'entendais le bruit de la vie en bas. Mais personne n'est venu me réconforter. Ils m'ont laissée brailler tout un après-midi, j'ai cru à de la pure méchanceté envers moi. Je n'ai pas compris tout de suite qu'en fait c'était une méchanceté vis-à-

2. TU

vis de toi. En laissant souffrir la bête on atteint sa maîtresse, auront-ils pensé.

Le pire advient lorsque tu me consignes dans mon panier avec le collier. C'est signe qu'une foule de gens va envahir la maison et que je ne pourrai même pas signaler leurs intrusions dans notre espace. Je dois faire comme si je n'existais pas. Ce maudit collier ne m'empêche pas d'aboyer, mais il délivre un son très aigu lorsque j'aboie, tellement strident que cela m'arrache les oreilles ; par conséquent, j'essaye de ne pas allumer par mes cris cette sorte d'alarme quand tu l'attaches autour de mon cou. Je peux gémir et pleurer sans que cela cause le son strident.

Parfois, s'il n'est pas trop grave que je m'époumone ou peut-être parce que tu as pitié de moi, tu installes une pile usée dans le dispositif. Cette manœuvre a pour résultat que le collier s'abstient de sonner lorsque j'aboie. C'est alors que j'en profite pour hurler, même si je sais bien que, lorsque le collier est placé autour de mon cou, je dois me taire.

Je sais que la pile fonctionne lorsque, par manière de test avant de mettre l'instrument autour de mon cou, tu cries à côté pour provoquer le son aigu. Alors, je ne prends surtout pas le risque de me faire déchirer les tympans une demi-seconde après mon aboiement. C'est l'horreur quand même parce que cet instrument de torture peut sonner, même si je n'ai rien dit, dès qu'une porte claque ou qu'un choc important se produit. Si j'ai réussi à grimper sur un fauteuil sans réaction sonore, guettant ton retour, parfois lorsque j'en descends, pour accueillir ton arrivée ou aller me coucher ailleurs, cela peut déclencher l'appareil. C'est terrible de ne pas pouvoir anticiper le déclic. À l'attente douloureuse qui me brise se joint la crainte d'un pincement douloureux incontrôlé !

Après ces attentes infinies, depuis la chambre ou le salon, lorsque je reconnais le bruit que fait le moteur de ta voiture, à peine celle-ci a-t-elle atteint le bas de la rue, ma poitrine se serre et je saute du canapé tel un cabri pour venir aboyer derrière la porte d'entrée en attendant que tu gares la voiture et que tu apparaisses enfin. Je commence à chanter de joie avant de crier mes reproches :

– Que je suis contente que tu sois enfin de retour ! Mais tu m'as délaissée, je suis restée seule trop longtemps !

Quand tu ouvres la porte d'entrée et que je te retrouve, enfin ma joie est immense, je cours en tous sens, je saute vers toi, j'aboie haut et fort, ah ça, tout le quartier sait que tu es enfin revenue ! Je remue la queue frénétiquement, et tu me flattes en me caressant la tête pour tenter de me calmer :

– Tu m'as attendue ! Oh oui, t'es un bon chien, là, là...

Tu grattouilles entre mes deux oreilles, tu mets tes deux mains de part et d'autre de mon museau et tes doigts se glissent sous mes courts poils blancs et souples. Parfois tu vas jusqu'à me prendre dans tes bras et tu me berces comme on berce un bébé en caressant mon ventre rose, c'est délicieux.

– Allons, allons, ma Léonette, tu vois, je suis là, je ne t'ai pas abandonnée !

Toute la tendresse de ce possessif et de ce diminutif m'étreint ; j'oublie immédiatement combien je me suis morfondue ; fini le chagrin, la désolation, les tourments et la dévastation.

Tout va bien, tu es là…

Que c'est dur de ne pas se plaindre quand tu me négliges ! Pourtant je suis très mignonne. Tu me le dis souvent : « T'es un bon chien ! »

C'est vrai, je prends soin de toi quand tu es là. Je te surveille, je ne te quitte pas et je me pose toujours le plus près

2. TU

possible de toi. Un vrai chienchien à sa mémère. Certains me trouveront ridicule, mais ils ne savent pas ce que je te dois. C'est ma manière de te remercier encore et encore. Tu m'as évité le bagne d'une vie de chien errant sur les plages du Sud de l'Espagne, à quémander une tendresse qui ne vient jamais, à passer son temps à se gratter tellement les puces qui infestent les poils et la peau, à se bagarrer avec d'autres chiens, ou même des rats, pour le partage d'une pauvre pitance trouvée dans les poubelles.

Il suffit que tu me traites de bon chien et je sais que tu m'aimes. Aussi, tu as pris bien soin de moi jusqu'à présent. Tu m'emmènes régulièrement chez le vétérinaire (je n'aime pas trop ça d'ailleurs), tu me donnes à manger en abondance. Certes, ce sont les mêmes croquettes depuis dix ans, mais au moins je garde la ligne et je n'ai pas de problème de santé ; tu m'emmènes en promenade trois fois par jour et parfois tu me laisses gambader en toute liberté lorsque nous allons à la campagne. Et, surtout, surtout, tu me caresses très souvent.

Puisque je suis un bon chien, contrairement à toi, je ne me sépare jamais de toi, moi ! Je n'y arrive pas ! Je monte la garde devant la porte de la salle de bain ou des toilettes, je me couche sous la table de la cuisine quand tu prépares un repas et que tu t'installes pour manger. Je dors près de ton lit quand tu y dors, pas comme maintenant ! J'y grimpe dès que tu ouvres un œil le matin. Un vrai pot de colle !

Je n'ai pas le droit d'entrer dans ton bureau ; aussi, lorsque tu y travailles, je m'installe dans le couloir, sur le tapis devant la porte. Malheureusement, du couloir je ne vois pas l'intérieur de la pièce et, lorsque je n'entends plus tes doigts taper sur les touches de l'ordinateur, je me mets à redouter ton absence. Alors je vais vérifier que tu es encore là. Je tente une patte sur le seuil de la porte que tu laisses ouverte, et tu me dis en montrant l'extérieur avec ton doigt pointé au bout de ton bras tendu :

– Non, non ! Tu sors !

Fataliste, je recule sous le coup de la faute et je recommence à guetter ta sortie du bureau, je poireaute ! Quand tu en sors enfin, je ne dis rien mais je remue la queue frénétiquement et toujours tu me flattes en me caressant la tête. Je te suis reconnaissante d'être sortie et j'ai déjà oublié l'attente.

Quand tu es au salon pour jouer du piano crapaud-soleil, je me couche dessous. Lorsque tu t'assois dans ton fauteuil Voltaire et que tu allonges les jambes, les chevilles sur le repose-pied en tissu ocre, je rapplique ! Moi, je ne te lâche pas ! Dès que tu t'installes dans ton fauteuil, que ce soit pour regarder la télé, lire ton journal ou fumer en jouissant de la vue exceptionnelle qu'offre ce salon immense avec ses vastes portes-fenêtres aux boiseries ouvragées, quoi que tu fasses, je grimpe sur le repose-pied. Je cède au repos lorsque tu restes longtemps à contempler la vue avec au premier plan un château et dans le lointain une montagne.

Le repose-pied est un lieu de combat, car il est trop étroit pour tes deux petits pieds si mignons et moi tout entière. Lorsque j'arrive en second, un délicat ballet commence. J'essaye de me blottir contre toi, mais tu n'es pas toujours d'accord. Je le regrette. Lorsque j'arrive à me faufiler entre tes deux jambes, à te les faire décroiser, je te regarde d'un air interrogatif en plaçant ma tête entre tes deux pieds. Vas-tu dénuder tes pieds ? Mon regard suspendu au tien, j'attends de lécher alternativement tes voûtes plantaires, la droite, puis la gauche. Je me lève sur le repose-pied pour atteindre tes talons et râper les peaux mortes, je pose ma patte sur la jambe

2. TU

pour accéder à l'espace entre les doigts de pied, que tu remues de plaisir en me disant :

– T'es un bon chien.

Je poursuis la tâche que je me suis donnée jusqu'à ce que j'estime que tes pieds sont propres. Je capitule alors et j'abandonne ta surveillance pour savourer un moment de quiétude, ma tête entre tes jambes.

Tu vois, je suis totalement agrippée et dépendante de toi, je suis follement attachée à toi !

Et toi, ce soir, tu es partie, insouciante ! Indépendante ! Autonome ! Sans me mettre le collier, tu m'as ordonné de garder la maison et de me coucher dans le panier. Je suis affligée. Panier sans collier, ce n'était pas bon signe, car cela voulait dire que l'attente serait longue, encore plus longue que d'habitude. Je ne sais même plus depuis combien de temps je t'attends. Je suis complètement accablée et je n'ai plus aucun doute maintenant, tu m'as abandonnée !

Le Légiste Vétérinaire, rubrique des faits divers

Encore une découverte macabre dans une maison bourgeoise : une chienne morte depuis plusieurs jours, probablement de faim et de soif. L'odeur a alerté les voisins qui se dédouanent de toute responsabilité :

– On ne pouvait pas savoir que sa maîtresse avait eu un accident et que personne ne s'occupait de la chienne, elle hurlait tellement souvent à la mort, cette bête ! Une fois, nous avons même été obligés de porter plainte !

3 . I L

Livia Di Acero travaillait depuis sept ans à la Très Grande Bibliothèque de Naples. Elle avait l'habitude de renseigner les archéologues de tout poil qui, pour ne pas faire mentir le stéréotype du chercheur vampirisé par son objet de recherche, se concentrent sur quelques millimètres de murs de la villa des Mystères et n'empruntent que des livres d'archéologie. Les chercheurs étrangers mettent plusieurs mois à s'autoriser à emprunter un ouvrage de Curzio Malaparte ou de Dino Buzzati, et encore, traduit dans leur propre langue, étant donné qu'ils n'ont de toute façon pas prévu apprendre l'italien – ils savent déjà bien assez de langues comme ça, ne serait-ce que les langues anciennes !

Mais ce chercheur-là, non, il n'était pas tout à fait comme les autres.

Plusieurs particularités du jeune homme avaient piqué Livia, si banale que fût l'activité qui le menait en ces lieux. La précision qu'il mettait dans sa demande d'ouvrage avait pour conséquence qu'il ne traînait guère dans les rayons de la TGB, au contraire de beaucoup de ses homologues, qui, cherchant encore sur quoi chercher, espéraient qu'au hasard de la lecture d'un titre allait surgir pour eux LA question...

Il était toujours accompagné d'un Lhassa Apso à longs poils noirs - une femelle qu'il avait baptisée Brisbane - et la chienne, adoptant la position de gardienne du temple, sagement posée sur son arrière-train, l'attendait à l'entrée, où le grand paillasson et la porte vitrée coulissante formaient la dernière frontière avant l'accès aux rayonnages. Son maître, craignant trop de se la voir ravir, préférait ne pas la laisser en bas, devant le portail monumental du palais. Il procédait à toute allure à son emprunt, histoire de ne pas faire attendre Brisbane, laquelle l'accueillait à sa sortie comme si elle ne l'avait pas vu depuis des heures. Une fête exceptionnelle pour des retrouvailles comme d'habitude. Il s'accroupissait alors, face à elle, caressait d'une main les poils longs, doux et épais de son dos et la flattait sur les flancs :

– Allez, viens, on y va !

Cet automne-là, il arborait souvent le parapluie, comme pour signifier qu'il était un Napolitain comme un autre et connaissait les codes, et il portait une veste en velours ambre, doublée d'un tissu à carreaux ; Livia avait bien remarqué cette couleur lumineuse, inhabituelle pour une tenue masculine. Dans les grandes poches latérales de sa veste il fourrait ses clés, sa carte de bibliothèque et ses tickets de transport en commun en vrac, usagés et valides mélangés. Il en mettait de côté un non composté, pendant que Livia enregistrait son emprunt. Souriant, il commentait la météo du jour comme on raconte un petit bonheur particulièrement plaisant qui vous arrive par hasard. Les pattes d'oie bronzées donnaient l'impression qu'il souriait d'abord avec ses yeux.

3. IL

Livia n'avait pas eu besoin de voir passer cent fois le jeune homme au comptoir d'enregistrement pour mémoriser ses nom et prénom, et l'incongruité de l'association qu'ils formaient : Renays Vamellu. Il ne fallait pas avoir fait de longues études en matière d'origine des noms propres pour s'apercevoir que ce patronyme sortait de nulle part. La nationalité tchèque, que mentionnait la pièce d'identité, soigneusement photocopiée par sa collègue lors de son inscription à la TGB et qu'elle avait eu la curiosité de regarder, lui semblait tout aussi farfelue, pour ne pas dire carrément inventée. Personne ne s'appelle Renays Vamellu ! D'ailleurs comment un archéologue tchèque irait-il affubler son chien du nom d'une ville de la côte Est de l'Australie plus célèbre comme centre de recherche en statistiques que pour ses sites archéologiques ? Quelle drôle d'idée ! « Est-ce que j'appelle mon chat Vladivostok, moi ? », ironisait-elle.

Le classement des livres à la TGB avait engendré une belle prise de bec entre les tenants du classement alphanumérique par auteur, les adeptes de la classification d'Augustin Freinet et les inconditionnels du classement décimal universel. En tranchant comme il l'avait fait, le directeur avait laissé se développer des rancœurs et durablement suscité des actes de sabotage, consistant en des rangements d'ouvrages erratiques. Renays Vamellu en signalait régulièrement. Mais comment les trouvait-il dans ses passages éclairs au long des travées ? Il sortait décidément du lot de ces centaines d'archéologues qui venaient à la TGB comme les lords anglais se rendent à leur club : pas pour lire ou étudier ni chercher des ouvrages rares mais pour s'affaler dans les vieux fauteuils en cuir de la salle de lecture avec des semblables leur ressemblant comme des frères et vitupérer l'époque. À ce niveau de recherche, on compte peu de femmes, de sorte que le babillage météorologique de Renays, autant que sa veste bouton d'or de ce printemps-là, égayait agréablement la banque d'emprunt le temps de son passage.

La TGB occupe un palais du XVIIIème siècle du centre historique de Naples, entre la via Sapienza et la piazza Bellini. Après le passage du grand portail, il faut traverser une grande salle des pas perdus sous un plafond à caisson d'une hauteur remarquable, puis emprunter l'escalier monumental bordé de murs en marbre polychrome. L'aspect suranné, comme abandonné, que le palais partage avec de nombreux édifices napolitains, fait fréquemment monter aux lèvres l'expression d'un regret : « Quel dommage que pareille splendeur soit si peu entretenue ! »

Pour accéder à la salle de lecture et à ses rayonnages qui couvrent la totalité des murs du sol au plafond, il faut encore traverser un vestiaire dont les boiseries artistement travaillées renferment des porte-manteaux aux volutes de fer forgé. Par les grandes fenêtres vitrées qui éclairent de toute leur hauteur – elles vont elles aussi jusqu'au plafond – on voit une cour intérieure agrémentée d'un jardin peu entretenu ; des draperies et des rideaux les encadrent, à moitié ouverts à l'aide d'embrasses tressées, ils rabattent la lumière naturelle aveuglante. S'y ajoutent des volets intérieurs, des panneaux de bois entrebâillés. L'ensemble filtre les rayons du soleil et crée une pénombre apaisante. Renays avait trouvé cette grande salle magnifique.

– J'aimerais bien passer là des journées entières, avait-il déclaré. Je resterais, assis dans un bon fauteuil, avec Brisbane couchée à mes pieds, face à une fenêtre, pour regarder le jardin quand mon livre laisserait vagabonder mes rêveries.

Alors pourquoi ne s'y arrêtait-il jamais pour lire ? Livia aurait tant aimé le voir s'attarder et la ravir de ses papotages.

3. IL

Quel magnifique moyen elle tient là de mesurer la force de ses appâts ! Petite de taille, Livia, qui se surveille, est à cheval sur sa tenue vestimentaire, se maquille avec soin, évalue sa capacité de séduction à travers le regard des hommes. Pas facile de soutenir la comparaison avec sa fille ; à quinze ans une ado ne fait pas de cadeau à sa mère quadragénaire ! Livia a miraculeusement réussi à garder un ventre plat après sa grossesse pour pouvoir respecter les canons esthétiques du XXIème siècle. Voilà en tout cas qui excluait toute perspective d'une autre maternité : trop de risques de déformation ! D'autant plus qu'elle aurait encore donné naissance à une fille, puisqu'il n'était même pas envisageable d'avoir un garçon : la relation avec son père et son frère était bien trop compliquée pour lui laisser, même l'espace d'une seconde, envisager un lien avec un fils potentiel. Et puis, de toute façon, son mari ne voulait pas de garçon. Il voulait rester le seul homme pour sa femme ; fidèle à l'image du *ragazzo* napolitain, un héritage paternel, qui venait déjà de son grand-père, lequel l'avait reçu de son propre père et ainsi de suite, de sorte qu'on pouvait en dater l'origine de bien avant l'éruption du Vésuve de 79, qui ensevelit Pompéi et incendia Castellamare di Stabia.

Castellamare di Stabia, c'est là qu'elle est née et se baigne depuis toute petite. Le plus souvent avec sa fille et son mari ils vont au Lido Marina, car c'est une des plages les plus éloignées des rejets des usines de ciment et de papier. Ils y ont leurs habitudes.

Ce dimanche 23 août, il fait si chaud ! Toute la semaine on a connu des températures si élevées que tout le monde, pour échapper à la touffeur asphyxiante du centre de Naples, se rue sur les plages privées au tarif plus ou moins accessible. Ce n'est pas uniquement par manque d'argent qu'on se retrouve toujours en masse au Lido Marina. Certes, le prix de la plage est abordable, mais surtout elle permet à Livia de nourrir la nostalgie qu'elle garde de son enfance. Elle respire la même atmosphère familiale qu'engendre la foule. Ils n'achèteront rien d'autre que des cafés qui seront accompagnés de verres d'eau pétillante. Naples est la seule ville au monde où on sert un verre d'eau à côte du café sans demander au client s'il en veut, au mieux le serveur lui demande s'il la veut gazeuse ou plate. Ils s'offriront aussi des panini, sans plus car il faut aussi payer les chaises longues.

La plage est bruyante ; on s'y parle à voix haute comme s'il n'y avait pas de voisins pour entendre ce qui se dit. Parfois même on entend en direct l'explosion d'un pétard et on voit les étincelles de feux d'artifice. Le ressac sur les minuscules galets constitue un fond sonore ininterrompu, auquel répond en contrepoint la chute des trombes d'eau issues des sources thermales heurtant de plein fouet le sol cimenté lorsque personne ne s'y douche ; en contrepartie, ceux qui se risquent sous ces mêmes cascades d'eau sulfureuse, paraissant si fraîches quand on sort des flots torrides au point qu'on ne peut s'y rafraîchir, poussent des cris de surprise qui ne cessent de faire rire aux éclats l'équipe des plagistes s'occupant alentour, ce qui ne contribue pas peu à l'ambiance acoustique, où tout résonne à un haut niveau.

La petite famille de Livia commençait à s'installer sous le parasol (encore 2 € de plus) désigné par le plagiste, lorsque celle-ci, relevant la tête pour vérifier l'orientation de sa chaise longue par rapport au soleil, avait aperçu et reconnu Renays, même sans rien sur lui pour le désigner que son maillot de bain et ses lunettes de soleil. Étendu sur un *lettino*, appuyé sur son bras replié, il discutait avec deux autres jeunes hommes aux crânes et aux visages rasés de près, ils avaient la

3. IL

beauté de certaines sculptures de marbre blanc de Carrare du *Museo archeologico*.

Quelle surprise de le voir là !

Mais qui sont les deux autres ? Ses frères ? Ses neveux ? Pas des archéologues, elle les connaîtrait : tous fréquentent la bibliothèque. À moins qu'il ne s'agisse de nouveaux venus qui n'ont pas encore eu le temps d'y passer.

Elle ressent une espèce de jalousie envers ces deux apollons qui ont la chance de profiter de Renays dans un moment de détente, quand elle ne peut le voir, elle, qu'en coup de vent. Comme s'il ne devait être que pour elle. Les hommes sont rares dans les cursus de lettres classiques, comme celui qu'avait suivi Livia. Les filières classiques, délaissées par les garçons, produisent une masse de femmes surdiplômées qui n'ont plus que la solution de se marier si elles veulent survivre financièrement. Ce n'est pas l'aide sociale italienne qui les sortira de leur misère ! C'est la chance qui a mis sur la route de Livia ce poste de bibliothécaire qui se libérait, et le directeur a retenu sa candidature sans jamais vraiment lui faire savoir par quoi elle l'emportait sur les autres. Le peu de technicité que réclame le poste l'amène souvent à penser qu'elle ne doit d'avoir été embauchée qu'à son physique adapté à l'accueil des emprunteurs et des lecteurs. À bien regarder, elle n'est guère plus qu'une jolie hôtesse d'accueil parlant français, parlant latin et javanais. Une fois maîtrisé le fonctionnement du logiciel de prêt, elle a pu s'adonner à son passe-temps préféré : observer les gens et inventer leurs histoires, les pister mentalement quand ils ne sont pas à la bibliothèque et ne s'adonnent pas à leur travail d'archéologues :

- tête à courir les magasins en *fashion victim*,
- tête à traîner dans les *baretti* jusqu'à pas d'heure,

- tête à footing aux aurores dans les jardins de la villa communale et *longo mare,*
- tête à chanter sur les enrochements qui bordent la mer rue Parthenope...

Elle s'est fabriquée ce passe-temps pendant ses études littéraires, qui lui ont procuré le bonheur de lire des récits d'auteurs étrangers, des nouvelles ou des romans signés de Maupassant ou de Dostoïevski. Ainsi, elle laisse son imaginaire remplir ses longues heures derrière son comptoir, sa banque d'accueil comme on dit maintenant, et Renays lui avait semblé un excellent candidat aux aventures romanesques et fantastiques à la Arthur Conan Doyle ou Sébastien Japrisot. Elle l'avait imaginé cultivé, amateur de ballets russes, capable de distinguer une chorégraphie de Balanchine de celle d'un Zakharov, fan de Barychnikov. Elle l'avait imaginé esthète, amateur de plats cuisinés avec amour, délicatement gourmand, grand connaisseur en vins blancs. Elle l'avait imaginé refusant d'escalader le mont Uluru, même s'il « est très très joli le gros caillou », dans un lever de soleil flamboyant de rouges et d'oranges, par respect pour les croyances des aborigènes australiens. Elle l'avait imaginé faisant l'amour avec elle, la caressant sans empressement, tendrement, lui laissant le temps d'être prête à l'accueillir...

Elle l'observe cachée derrière l'écran de ses lunettes de soleil. Il n'aurait pas été convenable de se lever pour aller le saluer. Son mari se serait mis en colère. Renays, version carrelage, alors que son mari est plutôt moquette, sourit à ses acolytes. Elle ne voit pas ses yeux, mais elle est sûre qu'ils pétillent de plaisir sous les lunettes noires. Cependant, il y a dans ce trio d'éphèbes quelque chose d'étrange qu'elle n'arrive pas à définir. L'un des trois est assis, sur sa serviette

3. IL

pliée en quatre, entre les deux chaises longues des deux autres, qui, eux, sont allongés.

Après une petite trempette pour se rafraîchir, Livia s'allonge de nouveau sur le dos, face au soleil, un coude ramené sous la tête. Elle laisse ses pensées dériver et tournant légèrement la tête, dirige son regard vers les trois hommes. Soudain elle s'aperçoit de quelque chose : la main de Renays caresse l'épaule de l'homme assis ! Ce n'est pas tout : celle de l'autre homme allongé caresse le cou de Renays ! Le déclic ! La pleine conscience de l'étrangeté de ce trio : il ne s'agit pas d'un trio d'amis, mais bel et bien d'amants. Un *trouple* ! La figure ne correspond pas à 1+1+1 ni à 2+1, mais 3 vaut pour 1. Elle a compris ce qui clochait, cette impression qu'elle a eue dés le début de ne rien comprendre à la scène qui se déroulait sous ses yeux. Renays est homosexuel et entretient des relations de trouple ! Comment a-t-elle pu se tromper à ce point ? D'habitude, elle repère immédiatement que ses minauderies de quadragénaire ne font pas mouche, et sans tarder elle bat en retraite : elle ne s'intéresse plus à l'homme insensible à ses charmes. Elle le sait bien, que, de tous temps, Naples a été le rendez-vous, des homosexuels, mais avec son macho de mari elle l'oublie souvent. Avec Renays, elle ne s'est doutée de rien, et son imagination l'a dirigée vers des scènes érotiques qui semblent, du coup, de purs fantasmes, de ceux qui, quoi qu'on fasse, ne se réaliseront jamais. Malgré sa déconvenue, elle le trouve plus que mignon, ce petit trouple-là : ils sont très beaux tous les trois ! Ni vulgaires, ni exubérants, ils sont… tranquillement là à jouir de la vie.

Quand même, ils sont courageux de se laisser aller de la sorte ! Car Naples est prude, même envers les hétérosexuels. Le pape n'habite pas loin. La norme, c'est le blanc hétéro. Lesbienne ? Trans ? ça n'existe pas ! Même silence concernant les émigrés noirs sans ressources, arrivant par milliers à

Lampedusa, parqués à Castel Volturno, rackettés par la Camora et finissant par tomber dans la mendicité et la prostitution.

L'a-t-il vue quand elle s'est levée pour aller se baigner ? Va-t-il être gêné la prochaine fois qu'il viendra à la bibliothèque ? C'est plutôt elle que ça contrarie, qu'il soit homosexuel ! Fini les rêveries érotiques ? Pas question ! Elle fera comme si elle ne l'avait pas reconnu ; d'ailleurs elle ne l'a pas vu dimanche sur la plage de Castellamare avec ses deux amoureux... Elle imagine déjà la scène : « Je vous ai vue dimanche au Lido Marina avec votre mari et votre fille ! – Ah... Vous étiez à la plage vous aussi ? – Oui, oui ; avec des amis ! – Ça alors ! Je ne vous ai pas vu ! Vous auriez dû venir me saluer, nous aurions été prendre un café tous ensemble. »

N'importe quoi ! Là, ma cocotte, tu t'égares ! Tu dérailles complètement, même ; ton mari ne l'aurait jamais accepté ; un café avec trois hommes inconnus ! Un peu agacée contre son imagination qui l'a emmenée trop loin de la réalité, Livia ne renonce pas. La ténacité a toujours été une de ses qualités.

Elle ne va pas lâcher comme ça un déclencheur de bouffées de plaisir. Il faut qu'il soit bi !

Puisqu'il n'est pas sensible aux charmes féminins, elle peut tenter la séduction par l'esprit, la voie royale vers le sexe, qui sait ?

Ils pourraient aller ensemble au *Teatro San Carlo*. Ils jouent *Il Trovatore* en ce moment, sans compter qu'avec la TGB ils ont des billets à tarif réduits !

Elle lui racontera l'allégorie de l'horloge qui domine la scène. Elle lui communiquera son émerveillement devant ce mécanisme horloger très ancien et pourtant en parfait état de marche qui incarne par sa longévité l'idée que les Arts sont plus forts que le Temps qui passe. Elle aimera lui expliquer

3. IL

les liens entre la philosophie et la danse contemporaine de Bausch et de Béjart, ce qui le changera du lien entre les problématiques sociales et les danses de caractère russe. Ils discuteront du pari ancestral que fait la civilisation, et qu'elle perd toujours, selon lequel la culture pourrait aider à ordonner le chaos et sauver de la barbarie. Elle lui dira que la création artistique, la danse, la musique et l'écriture peuvent être thérapeutiques... Elle lui confiera que le jaune est la couleur de la folie.

La Sfortuna, rubrique des faits divers

Drame de l'homophobie : un archéologue tchèque en veste de velours jaune et ses deux amis roués de coups jusqu'à ce que mort s'ensuive au pied de la tour du Castelnuovo, visible des couloirs du métro. Le tableau des trois cadavres jure avec la grâce et l'élégance de la lumière bleue voulue par l'architecte pour cette station rénovée récemment.

4. ELLE

Dans le bel appartement haussmannien de la rue Jacob où habite Christophe, on s'apprête à fêter la fin de l'année scolaire. Muriel est là, même si elle ne fait pas partie de la classe de Christophe, l'inévitable Ghislaine – une condisciple, elle – lui ayant dit de venir. Celle-ci, boulotte, ne brille pas par ses résultats scolaires, contrairement à Muriel, laquelle éprouve une tendresse particulière pour cette fille au physique ingrat et à la gouaille de fermière fruste qui lui rappelle sa tante alsacienne, une vraie baleine, tellement elle est grosse. Lorsque Ghislaine, assoiffée de reconnaissance, s'incruste dans un groupe snobinard qui se prend pour la future élite de la nation et joue au bridge pendant les heures de permanence, Muriel la plaint intérieurement. Ghislaine ignore les rebuffades, comme si elle ne se rendait pas compte que, à force de s'accoler à ces crétins, elle a été reléguée au rayon des lourdes qu'on évite et exposée à un brin de mépris, si bien que, dans sa mise à l'écart (sa poitrine généreuse y estelle pour quelque chose ?), elle a pu ressentir la tendresse de Muriel et, s'autorisant sans doute d'une amitié qu'elle suppose, l'a fait inviter chez Christophe. Muriel n'est pas dépaysée dans ces décors vénérables de Saint-Germain-des-Prés à belle hauteur sous plafond et avec parquets précieux, elle les aime et s'y sent à l'aise. Elle s'est longtemps demandé si ce goût pour ce genre de lieux prestigieux ne lui viendrait pas d'ancêtres illustres qu'on lui aurait caché.

Muriel essaie d'être originale. Elle se coiffe à l'ancienne d'un chignon « grand-mère » qu'elle réalise en basculant sa tête en avant de manière à pouvoir faire tenir toute sa chevelure en une queue de cheval sur le dessus du front. Puis, se redressant, elle fait apparaître, en relâchant légèrement la traction de la touffe, une vague de cheveux tout autour de la tête. Elle entoure sa main gauche avec le reste de la queue de cheval, comme s'il s'agissait de faire une pelote de laine, et pour finir en rentre l'extrémité par-dessous. Le tout est alors solidement fixé au moyen d'épingles à cheveux. Plus tard on la verra avec des « chignons-choucroutes » constitués d'arrangements de mèches crêpées et assemblées une à une à l'élastique d'abord, aux autres mèches ensuite, comme une pièce montée accumulant ses choux à la crème enrobés de caramel. Beaucoup plus sophistiquées, ces coiffures ne passaient pas inaperçues.

Porter les cheveux très longs est sa seule concession aux attributs de la féminité telle qu'on la conçoit aujourd'hui. Lâchés, ils descendent encore plus bas que ses fesses musclées qu'arrondit un fin rembourrage graisseux, et ils les cachent. La « baleine » lui a dit un jour, de manière peu élégante :

– T'es comme moi, on a tous le cul bas dans la famille !

Elle aime arranger ses cheveux, qui sont rarement lâchés, en coiffures variées. Parfois elle en fait deux tresses superposées partant de l'occiput. C'est très pratique, les cheveux ne

4. ELLE

s'emmêlant pas quand ils sont tressés, et bien moins enfantin que deux couettes, de part et d'autre du visage, plantées bêtement au-dessus des oreilles ! Son ami Michel, qui aspire à devenir cameraman, rêve de réaliser un film où, d'abord inclinée tête en avant, les cheveux plongeant dans une grande fontaine ronde en pierre, elle se redresserait en décrivant un grand arc de cercle vers l'arrière avec sa chevelure mouillée qui s'étalerait comme une queue de paon. La scène serait filmée au ralenti. Il a fini par réaliser ces images pour un film publicitaire, mais ce n'était pas Muriel qu'on voyait à l'écran...

Quand elle arrive rue Jacob, l'appartement est déjà plein... Elle reconnaît plus ou moins les têtes, car il s'agit principalement du groupe classe de Christophe ; les lumières sont tamisées, la musique ne l'entraîne pas immédiatement, le volume sonore est trop important, la fumée des cigarettes envahit l'espace. Elle s'ennuie un peu en attendant le garçon qui osera l'aborder au fin fond du poste d'observation discret où elle s'est calée.

Depuis quelque temps elle porte souvent à même la peau un pull en laine fine bleu ciel très ample, trop grand pour elle, qui lui permet de cacher ses formes féminines. Le pull-sac difforme la protège des dragueurs de midinettes. Elle n'est pas de ce genre-là ! Autant elle pense à être séduite, autant l'idée de franchir le pas l'effarouche. Elle refuse catégoriquement de céder à l'usage des attributs outranciers qui forment la panoplie courante de la féminité requise pour troubler un homme. Elle attend celui qui viendra découvrir ce qui se cache sous le pull.

Dès que les premières notes de *Dreamer* de Supertramp viennent frapper son oreille, elle découvre un rythme et une mélodie qui mettent sans qu'elle l'ait voulu son corps en mouvement. Loin des musiques classiques qu'elle joue au piano ou qui accompagnent ses cours de danse classique, ce groupe « yéyé » est entièrement nouveau pour elle. Il faut dire que cette culture-là est loin d'avoir droit de cité à la maison ! On est intello de gauche, versé dans la psychanalyse : pas de Dalida ni de Claude François, beaucoup trop populaires, encore moins de chansons en anglais ! L'antiaméricanisme primaire oblige... !

L'effet de surprise provoque en elle une envie soudaine de danser, et elle s'élance au milieu des autres en enchaînant des pirouettes classiques à des mouvements plus improvisés dont elle ne se savait pas capable.

François, le frère aîné de Christophe, aime beaucoup sa « coiffure 1900 ». Il est grand, élancé, quasi dégingandé, il a quelques années de plus que Muriel, et un beau visage tout en longueur. Il fait penser à un des *Méphistophélès* qu'a sculptés Jacques Louis Gautier en son temps. Il la rejoint sur la piste de danse, qui n'est autre que l'espace vide qu'on a créé au milieu du salon en repoussant tous les meubles contre les murs. L'expression du corps de François est libre. La manière dont il bouge ses bras la fascine. Ils ondulent de haut en bas à tour de rôle, tel un balancier de funambule, d'abord le droit en haut et le gauche en bas, puis l'inverse. Les coudes se plient et se déplient de l'intérieur vers l'extérieur du corps, entraînés par les poignets comme lorsqu'on pousse et tire l'archet d'un violon. Les mouvements sont dans le rythme sans être codifiés, en tout cas ils ne correspondent pas à ses codes classiques à elle. Il l'invite à danser. Elle accepte, et ils se lancent dans l'improvisation d'un pas de deux plus ou moins en rythme avec cette musique un peu moderne pour elle.

4. ELLE

Comme pour lui gâcher ce moment de plaisir, un mal de tête se déclare. Elle s'en plaint à François, qui lui propose de s'allonger dans une chambre à côté du salon transformé en salle de bal. Il est en première année d'études de kinésithérapie et lui propose un massage au niveau du front et des tempes qui devrait chasser la migraine. Confiante, elle laisse bien volontiers les longues mains lui encadrer le visage, puis mobiliser deux doigts pour lui masser doucement les tempes. Après quoi il applique de petites pressions sur le front et opère un va-et-vient le long de l'arête nasale. Partant du coin de l'œil il masse les sinus vers les tempes en appuyant à l'aller, en effleurant au retour. Combien de temps durent ces caresses ? En tout cas, ça marche ! Assez vite elle n'a plus mal, mais ne le dit pas tout de suite pour profiter encore de ces mains délicates. Ils discutent et décident de s'éclipser par la porte de service pour rejoindre la chambre de bonne du sixième étage, le domaine de François.

Elle a seize ans. Elle est mineure, il est majeur. Elle a fait l'amour pour la première fois à quinze ans un 15 août. Pour que ce soit fait. Comme elle l'avait espéré, l'hymen était depuis longtemps déchiré par les grands écarts faciaux, et elle n'a pas eu mal. L'heureux élu de la première fois était commis à la cuisine du centre de vacances dans lequel elle séjournait en famille une partie de l'été. En cachette de la direction de l'établissement, certains employés faisaient un peu tomber la pression quotidienne grâce à un « cinquième repas » qu'ils organisaient en détournant allègrement de leur destination jambons et fromages stockés dans les frigos de la cuisine collective. Elle l'avait « levé » sur la plage et il l'avait invitée à ce festin tardif. Elle s'y était rendue, bien décidée à passer à l'acte dans la foulée. Il l'avait emmenée dans sa tente de camping et son long sexe très fin l'avait pénétrée sans problème. Elle était prête pour cette expérience, elle voulait la mener. Ni orgasme ni sensation de plaisir, seulement la volonté d'y passer, d'être débarrassée de cette première fois dont on lui rabâchait qu'elle était très importante. Muriel, elle, voulait du plaisir, la première fois elle s'en moquait, car elle savait que la plupart du temps la première fois était ratée. Si elle avait pu, elle aurait commencé directement par la deuxième !

Ils montent en riant l'escalier, comme des enfants qui transgressent une interdiction sans s'exposer à du danger et ne peuvent s'empêcher de pouffer. Il va devant, et elle le suit sans rien anticiper de la suite des événements. Elle vit ce moment de bonheur. Elle n'a plus mal à la tête. Un garçon, plus âgé qu'elle, la conduit dans son repaire ! La chambre de bonne est éclairée par la lumière de la nuit qui se déverse doucement par la fenêtre de toit. Il allume une lumière d'appoint, et elle découvre un lit à une place, une table, une chaise, un petit réchaud, un étroit placard, des murs blancs, nus, sans le moindre poster, sans reproduction de tableaux.

C'est lui qui lui a demandé, et avec une telle tendresse encore, en prenant beaucoup d'égards, tout doucement, en s'excusant d'oser le demander, si elle voulait bien faire l'amour avec lui. Elle n'a pas dit qu'elle le vivrait comme une vraie première fois. Elle espère donner le change et passer pour celle qui l'a déjà fait, ce qui est le cas d'ailleurs, même pas peur ! En fait elle crève de trouille, et il a dû le sentir.

– Je te promets de ne rien faire si tu ne veux pas, fait-il d'un ton rassurant.

Tant de précautions, d'attentions… Bien sûr qu'elle approuve !

– Je suis d'accord, murmure-t-elle pudiquement.

– Je vais faire très doucement et, si ça ne va pas, tu le dis et j'arrête tout de suite, promet-il avec douceur.

4. ELLE

La suite a été délicieuse. Elle n'a même pas enlevé son pull ! Comme quoi un orgasme la première fois, c'est possible !

Ils ont parlé de leurs corps, de leurs plaisirs, de leurs rêves, de leurs attentes et de leurs désirs, de la source de leurs bonheurs et de leurs émotions. Lorsque tranquillement s'est installé le silence partagé de la détente, elle s'est mise à pleurer. Allongé sur le dos, il l'a alors tendrement prise dans ses bras et installée sur lui, peau contre peau, sans effort. Elle a glissé ses mains sous ses épaules pour s'agripper à lui. Il a fait rouler leurs deux corps accolés de gauche à droite comme un bercement et a demandé :

– Qu'est-ce que c'est que ce gros chagrin-là ?

Elle n'a pas su dire, incapable elle aussi de comprendre pourquoi elle pleure.

Le lendemain soir, avec sa moto, François emmène Muriel à Montmartre dans une minuscule salle de spectacle, comme une cave. Il ne lui a rien montré de ses préparatifs et la laisse en coulisse, d'où elle voit la salle. Est-ce pour la surprendre qu'il n'a rien expliqué ? Elle se sent très privilégiée d'être là, de voir l'envers du décor. Elle aime être en coulisse, à la deuxième place, dans l'ombre plutôt que dans la lumière.

Les spectateurs sont assis par terre. L'étroite salle, basse de plafond, est tellement remplie qu'il y a des gens debout dans le fond et sur les côtés. La scène est exiguë. François peut à peine y développer son grand corps.

La musique commence, et Pierrot se retrouve dans le rond de lumière d'un projecteur braqué sur lui. *Dreamer* l'accompagne. François est invisible dans le noir. Pierrot, marionnette à fil, vêtue d'un costume en satin damier noir et blanc donne un spectacle muet. François manipule les fils de ce fantoche avec beaucoup d'aisance. Le geste précis, il anime le corps rigide et articulé de Pierrot pour dérouler une histoire compliquée, difficile à suivre et qui nécessite toute l'attention des spectateurs. Muriel, elle, ne voit que le talent de François et ne se rend pas compte du brouhaha au fond de la salle dû à la baisse de qualité d'écoute du public provoquée par la complexité du mime.

Brusquement François s'arrête et crie en regardant le fond de la salle :

– Vos gueules !

Muriel est sidérée par cette brusque explosion de colère et qui s'exprime de si vulgaire façon. Est-ce comme dans certaines légendes d'Arlequin, avec un François-Pierrot qui serait un ange déchu mélancolique, un jour séduisant, le lendemain odieux ? Elle a préféré oublier très vite ces deux facettes de François en lui donnant raison de conspuer les spectateurs qui ne reconnaissaient pas sa maestria. Mais il lui en reparlera dans ses lettres :

> *Ce soir je suis heureux je te parle. Pour l'instant, c'est Pierrot qui parle, tout à l'heure ce sera François, la façade, le type de la rue. Pierrot c'est le type des mots, des sentiments, des pleurs, des rêves et des sourires béats sans raison, si ce n'est la vie.*
>
> *Seulement pour ces moments où je suis Pierrot, pour ces moments-là, qui sont aussi beaux que les amours avec des petits chiffres, pour ces moments, le reste peut être vécu.*
>
> *Ma vie, où je suis moi, réel, est avec mes amis : pas seulement un petit groupe d'habitués, d'amis çà et là sans rapport entre eux, mais des amis avec qui j'ai établi un lien tel que Pierrot peut éclater.*

Pierrot termine assis sur un croissant de lune en carton que François sort de derrière son dos. D'une main il tient

4. ELLE

l'accessoire, de l'autre il manipule les fils pour poser Pierrot sur la lune. Il est très agile. Sa dextérité est remarquable. Muriel est fascinée par ses mains, la longueur et la finesse de ses doigts.

Après le spectacle, Georges leur propose de venir passer un moment chez lui. François a raconté à Muriel :

Georges est un type de trente ans qui est passionné de marionnettes comme moi. Il est homosexuel. C'est un très bon ami avec lequel j'ai des rapports ambigus sans l'être moi-même. Je m'explique : à la base une grande amitié réciproque, pour lui en plus parfois un désir envers moi de rapport sexuel, un rapport physique mais restant dans certaines limites. Ambigu, car les désirs ne sont pas au même niveau, dans la mesure où chacun sait ce que l'autre veut, au premier chef une amitié assez forte pour aplanir les difficultés qui pourraient surgir. Je crois qu'il est un peu amoureux de moi, si pour lui être amoureux consiste à témoigner, physiquement à l'occasion, un sentiment d'amitié, témoignage auquel je réponds dans des limites reconnues. Lorsqu'on est ensemble, j'ai l'impression de pouvoir tout dire, tout faire, et qu'il comprendra.

Pour se rendre chez Georges, Muriel enfourche de nouveau en croupe la moto de François. Ils roulent quelques rues durant. Elle ne se repère pas, n'a aucune idée de leur destination, sans pour autant avoir le sentiment d'être perdue. Elle n'a peur de rien, elle ne pense même pas qu'elle pourrait avoir peur, elle est totalement en confiance et se laisse emporter. François conduit très bien, très souplement. Elle est collée à lui sans crainte, avec délice. La souplesse de sa conduite va avec celle de son corps.

Georges habite à Montmartre une maison proche du cabaret où François a donné son spectacle. L'équipée en moto a été courte. Quand ils arrivent, il y a déjà beaucoup de monde. Malgré les personnes éparpillées dans toutes les pièces, elle n'a pas l'impression que c'est bondé. Elle peut circuler sans difficulté. Il fait nuit, et les lumières sont tamisées. Il doit y avoir de la musique, mais elle ne l'entend pas. Les gens ont l'air gentils, tranquilles, bienveillants, accueillants. Ils trouvent Georges, il est avec des amis homosexuels qui s'exhibent un tantinet, s'embrassant sur la bouche par exemple. Ce n'est pas vulgaire, c'est doux et affectueux. Elle les trouve très beaux, elle est envahie de tendresse envers ce monde d'homosexualité, qui contraste avec le monde d'hétéros machos de sa famille. Deux femmes se rapprochent de Georges et commencent à raconter des histoires. Elles débordent d'humour et font rire Muriel, tant elles montrent sans pudeur aucune ce qui fait d'elles des femmes – Muriel a une telle retenue en ce domaine ! Les ongles sont très longs, limés en amande, et les vernis qui les recouvrent arborent des rouges soutenus ; les paupières maquillées en dégradé marron pailleté soulignent d'un trait de blanc les sourcils redessinés au crayon brun. Les yeux sont agrandis par des faux-cils. La couleur des rouges à lèvres est assortie à celle des vernis à ongles.

L'une de ces femmes, moulée dans une robe de satin rose avec décolleté en cœur, montre généreusement le haut des seins et le sillon qui les sépare, œuvre du soutien-gorge à baleines intégré au bustier et qui remonte la poitrine. Un soutien-gorge à baleines ! Pour Muriel, c'est l'horreur absolue... Elle n'a pas mis longtemps, devant la torture qu'inflige ce type de lingerie, à se décréter, de ce point de vue-là au moins, féministe et à jeter aux orties les soutiens-gorge qui enserrent,

4. ELLE

étouffent, étreignent et empêchent de respirer. Mais les seins sont tellement valorisés par les hommes ! ... À croire que les créateurs de soutiens-gorge, ces instruments de soumission, vengent tous les hommes qui ont manqué de sein maternel en comprimant, rehaussant, moulant, modelant ceux de toutes les autres femmes, au prétexte de les mettre en valeur.

L'autre femme fascinante porte une petite robe noire en tissu coton-jersey très moulante elle aussi avec un décolleté offrant une vue plongeante sur une vallée sans relief entre deux seins menus, dont la moitié de part et d'autre est sensuellement couverte. Muriel imagine l'instant où un mouvement fera apparaître un mamelon, ou les deux.

Les deux femmes portent des talons aiguilles très hauts, des bas tenants par des porte-jarretelles qu'elles se régalent de dévoiler. La dentelle noire très fine des bas renforce l'impression que les jambes sont d'une longueur qui n'en finit pas. Muriel, courte sur pattes, en est jalouse. Et ces beaux mollets fuselés, qui s'élancent vers le haut des jambes comme des tiges d'amaryllis ! Et ces belles fesses musclées, si bien mises en valeur par les robes moulantes ! Ces filles sont magnifiques. Elles ne se moquent pas de Muriel, et Dieu sait qu'il y aurait de quoi, car elle fait terriblement dinde dans son pull, cette enveloppe à tout cacher ! Même si elle peut faire illusion par sa maturité intellectuelle, elle n'a que seize ans et ne connaît pas encore grand-chose à la sexualité. Au milieu de ces adultes aguerris et provocateurs, elle mesure l'étendue de son ignorance. Georges a d'ailleurs mis en garde François la concernant. Il a raison, c'est un peu fou ce qui arrive, mais c'est une folie qu'elle aime. Muriel se sent protégée de tout par l'amour de François, rien de mal ne peut lui arriver ici. Il est tellement grand, ça la rassure. Et puis il a donné son spectacle, c'est un artiste.

PRONOMS PERSONNELS

Le petit groupe déambule dans les différentes pièces, Georges fait visiter sa maison, robe rose en satin et robe noire moulante se joignent à eux. Dans la chambre de Georges, une barre de danse posée contre un miroir au mur avec un carré en parquet de bois sur le sol côté miroir est à moitié cachée par un rideau qui descend du plafond. Georges explique qu'il s'entraîne là, que ses parents ne voulaient pas le voir devenir danseur, mais qu'il prend quand même des cours à l'extérieur et continue à s'exercer tout seul à la barre chez lui. C'est sa passion. Ses parents commencent à le tolérer. Muriel se dit qu'un jour elle aussi aura sa barre de danse dans sa chambre. La contrainte du corps avec la danse classique est d'une autre nature que celle qu'imposent les canons de la mode. Il s'agit d'une domination, d'un contrôle de soi sur soi-même, d'un supplice que l'on s'inflige volontairement.

Lorsqu'ils sortent de la maison de Georges, la clarté du ciel indique que le jour va bientôt se lever. Muriel, émerveillée d'avoir découvert ce monde et rencontré tous ces personnages sortant à ce point de l'ordinaire est entièrement conquise ! Elle ne souhaite plus vivre que dans cet hors-norme ! Dans ce monde de spectacle, de travestis, peuplés de ces êtres délicieux, avec leur douceur, leur attention aux autres, cette façon de lui parler à elle, rien qu'à elle, vraiment. Ira-t-elle jusqu'à s'identifier à leur féminité outrancière ? Avant cette rencontre exceptionnelle, Muriel ne voulait pas plier son apparence extérieure aux diktats classiques des hommes, lesquels stipulent que pour être belle, afin de séduire l'homme bien sûr, il faut porter des soutiens-gorge, des talons hauts et maquiller ses yeux et sa bouche ! D'ailleurs, François ne l'avait-il pas aimée, fagotée comme l'as de pique ? Ces femmes extravagantes lui ont transmis le plaisir du travestissement, et elle en a gardé des traces en maquillant ses yeux à

4. ELLE

outrance pendant très longtemps. Noir autour, noir dedans, rimmel, bicolore sur les paupières, du foncé vers l'extérieur, du clair vers l'intérieur, couleurs assorties aux vêtements. Un amoureux un jour lui a fait savoir qu'ainsi elle ressemblait à Ophélie. Ce nom ne lui disait rien, et elle avait pris pour un compliment ce qui n'était qu'une façon adroite de lui dire qu'elle avait l'air d'une folle ! Rencontre d'un soir, un photographe professionnel, tout de noir vêtu, qui travaillait sur l'image d'une femme politique que tout le monde connaissait à l'époque, lui avait conseillé de modifier le maquillage de ses yeux. Elle était venue à lui colorée comme un oiseau des îles, pantalon et tunique cousus par ses soins dans un imprimé original à grands dessins multicolores déniché dans une minuscule boutique parisienne. Il n'avait retenu, au petit matin, que ses yeux enfermés dans le noir. Par la suite elle s'est mise à porter des talons aiguilles.

Quelques heures au contact de ces femmes extraordinaires ont suffi pour laisser des traces pendant de nombreuses années. Ce sont elles, qu'on n'appelait pas encore des dragqueens, qui lui ont fait oser sa féminité. Parce que leur rapport au corps était plus libre que celui que lui ont transmis sa mère et ses grands-mères. Oui, elles, puisque ce sont les femmes qui lèguent aux autres femmes la soumission de leurs corps aux désirs des mâles dominateurs. Elles se détestent tellement d'avoir subi cette mainmise sans pouvoir s'en affranchir qu'elles transmettent à leurs fils ce qui s'est transformé en haine des femmes. Ils s'arrogent alors à leur tour le privilège de décider de ce que doit être une femelle. Il en avait été ainsi lorsque cette directrice de haras avait enjoint à Muriel de porter un soutien-gorge pour cacher la poitrine naissante de ses douze ans qui pointait sous le sous-pull en jersey. Il fallait cacher ces tétons !

Avant l'aube, fatigués, François et Muriel vont chez elle dormir un peu. Le lit de Muriel est plus grand que celui de la chambre de bonne de François, ce sera plus confortable, et elle doit se changer avant d'aller prendre son train. Ses parents sont déjà partis en vacances et Muriel a l'appartement pour elle toute seule pendant vingt-quatre heures avant de partir à son tour. Après un petit somme, elle se change et met la robe grecque à manches courtes en voile de couleur prune clair ornée, au bas, de petites dentelles.

Elle était entrée dans une minuscule boutique de la rue Saint-André-des-Arts qui vendait des robes à la mode indienne, ou peut-être grecque, pour en essayer une qu'elle avait vue en vitrine dont la couleur et la matière légère, un voile de coton, l'avaient immédiatement séduite. Le patron, un quinquagénaire petit, rond et chauve, qui bedonnait de surcroît, lui avait indiqué la cabine d'essayage. Sa face de lune, imberbe comme le poli de son crâne chauve, ses lèvres très charnues contribuaient à le rendre obséquieux, ce qui est fréquent chez les vendeurs, mais sa politesse était plutôt avenante. Après avoir quitté pantalon et tee-shirt, protégée des vues intrusives par le rideau de la cabine, Muriel avait enfilé la robe.

– Ça va ? avait alors demandé l'homme, qui d'un geste brusque avait largement ouvert le rideau.

Inopinément, rien n'ayant jusque-là laissé penser que l'homme était à ce point en manque, il avait collé son ventre sur elle et enfourné sa langue dans la bouche, cependant que sur ses traits se peignait l'affolement, qui se traduisait en regards anxieux jetés à la ronde, de crainte de voir débouler à l'improviste quelque intrus.

– Allez, laisse-toi faire ! lui lançait-il en maître tout en l'attirant vers lui d'une main, l'autre tentant d'attraper un sein.

4. ELLE

Baiser imposé, baiser de crapaud baveux, avec langue mouillée introduite de force dans sa bouche, pouah ! Elle l'avait repoussé, avait ramassé ses affaires, fourré pantalon et tee-shirt dans son grand sac, puis était ressortie de la boutique en courant, la robe encore sur elle et son barda serré de toutes ses forces contre sa poitrine. Elle ne l'a pas volé, ce chiffon violet : il lui a coûté un baiser... violé.

Quand ils sont prêts, ils sortent, François propose le jardin du Luxembourg. Bien sûr ! Elle est d'accord pour tout ! Il la promène à moto dans les rues de Paris. Le train n'est qu'à 9 heures, on a le temps de profiter du petit jour sur les quais de la Seine. François s'assoit sur le rebord du quai, les pieds dans le vide au-dessus de l'eau qui coule, elle s'allonge parallèlement au quai, la tête sur sa cuisse, et ils jouissent en silence de ce moment de paix dans Paris qui s'éveille. L'air est un peu chaud en ce début d'été, et le lever du soleil rend le ciel rose et bleu.

Après ces heures passées ensemble, Muriel s'attriste par avance de cette absence de quelques semaines, même si elle s'efforce d'y voir un moment d'éloignement. Toutefois, en anticipant le drame de ne plus jamais se revoir, elle envisage une séparation définitive, comme si c'était l'œuvre de la mort qui les attendait. Elle se sent dans le même état que l'homme qui part pour la guerre en laissant sur le quai une femme et des enfants qu'il n'est pas certain de retrouver un jour. Mais il faut y aller, le train ne l'attendra pas. Ils roulent tranquillement sur la moto, dans l'air du matin parisien il y a peu de circulation en direction de la gare de Lyon. Un coup d'œil sur les panneaux d'affichage pour trouver le numéro du quai le long duquel attend le train qui les désunira, mais le train n'est pas annoncé. Pour tuer le temps, ils comptent combien de jours ils vont vivre loin l'un de l'autre. On affiche petit à petit sur le panneau des départs les numéros de quai qui concernent d'autres trains partant presque à la même heure, pas celui de Muriel toutefois, dont ne sont toujours pas donnés l'horaire ni le quai d'embarquement. Ils attendent encore, et ce n'est que dix minutes avant l'heure fatidique qu'ils questionnent un agent. L'homme consulte ses carnets, tourne des pages en vain, farfouille encore dans sa documentation, mais arrête au bout d'un moment son infructueuse recherche pour demander à Muriel s'il peut voir son billet. L'explication lui saute alors aux yeux :

– Votre train part de la gare d'Austerlitz ! s'exclame-t-il.

Instant de panique : elle va rater son train !

– Je vais t'emmener ; à moto, c'est assez rapide pour que tu sois à l'heure, s'empresse de proposer François.

Ils enfourchent la moto et filent vers la gare d'Austerlitz par le pont Charles-de-Gaulle. Avec la vitesse la robe légère de Muriel gonfle au vent. Ils ont tous les feux verts, un dernier baiser échangé en toute hâte, elle court vers le quai, elle entend le sifflet du contrôleur qui annonce le départ du train, elle saute sur le marchepied du premier wagon, le train démarre, ouf ! elle l'a eu… François n'est pas encore arrivé sur le quai, il est en train de garer la moto. Trop tard, elle ne verra pas la main qui s'agite en guise d'au revoir, elle n'aura pas entendu d'adieu.

Quand elle gagne son wagon, haletante, elle est triste d'avoir quitté François, mais contente d'avoir eu le train. Depuis ce jour, elle n'a jamais raté un seul train. C'est sans doute parce que ce train-là, le plus important de sa vie, celui qu'il n'aurait pas fallu prendre, celui qui l'arrachait à son premier amour, elle ne l'a pas raté. En comparaison, tous les autres trains comptent pour du beurre, si bien qu'elle est tranquille : qu'est-ce que cela peut faire de les manquer ? Si elle ne l'avait pas pris, elle aurait sauvé François… qui sait ? …

4. ELLE

Après les plaisirs interdits, exaltants et hors du commun des dernières heures, Muriel s'en allait passer quinze jours auprès d'une amie de ses parents. Cette femme venait de subir l'ablation des deux seins, une opération censée, selon les médecins, déboucher sur la guérison de son cancer. Ils avaient juste omis de lui signaler qu'elle n'était qu'un pion du protocole médical de recherche en matière de cancer du sein. On testait en réalité la possibilité, grâce à l'exérèse des deux seins, d'augmenter les chances de survie à un an, deux ans, cinq ans. Que de femmes mutilées inutilement, que de souffrances infligées au nom de la recherche scientifique ! ... Répétons, en l'appliquant aux chirurgiens cette fois, la question qui vient à l'esprit : combien de ces praticiens se sont ainsi vengés d'une mère dont les seins ne les avaient pas comblés bébés ? On n'envisageait pas encore la reconstruction mammaire, il fallait accepter les mutilations. Le torse de l'amie était maintenant celui d'un garçon ! Quel retournement de situation après ces moments passés auprès d'hommes s'appliquant à exhiber de fausses poitrines de femmes !

Portée par l'amour idéalisé de François, Muriel ne se rendait pas compte que l'amie accomplissait une mission diligentée par ses parents pour la surveiller. Il valait mieux organiser un séjour inadapté à son jeune âge que la laisser seule à Paris.

Muriel a pris ce train qui l'arrachait à François pour toujours sans imaginer la catastrophe à venir. Elle est épuisée après ces heures presque sans sommeil et elle laisse couler ses bienfaisantes larmes d'amoureuse. Elle imagine déjà leurs retrouvailles, le bonheur de revoir François après les vacances. Bien sûr qu'il y en aura d'autres, des moments comme ceux qui viennent de s'écouler, ils reverront Georges, Pierrot donnera son spectacle dans une salle remplie de spectateurs attentifs. Muriel, elle, sera là dans l'ombre, fan de cet artiste. Qui l'aime. Elle. Car c'est bien le plus incroyable. Il l'aime. Elle.

Comment ne pas être éperdue de reconnaissance pour un homme qui l'a aimée au premier regard et qui continue à lui décrire son amour fou dans des lettres envoyées du pays étranger où il était allé passer les semaines qui les séparaient ?

> *Parfois je t'imagine assise à côté de moi comme en ce moment. Tu es cette interlocutrice invisible à qui je m'adresse pour combler ma solitude. Combler n'est pas le mot, disons accompagner. Plusieurs fois j'ai rêvé d'échanger les organes qui sont le siège de nos pensées, histoire que tu puisses voir ne serait-ce qu'une minute ce que je voyais, que nous puissions nous parler par l'esprit. Solitude aujourd'hui, rien de plus. Mais non pas la solitude que tu te gagnes en allant dans ta chambre et que tu peux rompre à chaque instant, celle qui est là, immuable. Ne te méprends pas : ce n'est pas une solitude triste, cafardeuse, c'est celle qu'on accepte telle qu'elle est, cherchant plutôt quelque chose en elle, notion du temps qui coule, dialogue avec soi-même, lecture ou conversation avec ceux qui vous importent. Là, c'est Pierrot qui parle. Ce soir, je retrouve un Pierrot que j'avais oublié depuis un moment. D'autre fois il a ri, il était heureux mais d'un bonheur d'amitié, de chaleur, pas comme ce soir, de tendresse et de nostalgie.*

François a passé plusieurs mois à l'étranger et leur correspondance est allée decrescendo, mais Muriel se sentait la seule et l'unique pour lui. Après le retour de François dans l'Hexagone ils ont échangé quelques coups de fils, qui ont

4. ELLE

appris à Muriel qu'elle n'était plus au premier plan mais l'ont entretenue dans l'illusion qu'elle était sa femme de l'ombre, son indispensable. Elle vivait en dehors de la réalité et n'a pas voulu comprendre que François poursuivait sa vie sans elle.

Le temps passe, je commence à m'habituer à ton absence. Je n'ai pas changé vis-à-vis de toi, mais il est vrai que je me suis isolé et, même si tu m'aides, si j'ai changé grâce à toi, le temps passé ensemble fait partie des souvenirs.

Deux ans plus tard, on fête le baccalauréat chez Christophe. Muriel, qui connaît la plupart des invités, s'étonne de ne pas voir Ghislaine, qu'elle avait cru voir dans les bras de Christophe un certain temps. Cette Ghislaine alors ! Quels sont les talents cachés de cette baleine qui lui ont permis de passer du statut de grosse collante à celui d'objet de désir ? Mais Muriel n'est pas venue pour Ghislaine, elle espère bien revoir François. Déçue et étonnée de son absence, elle ne demande pas directement à Christophe où est son frère, car elle n'ose pas révéler leur relation particulière. Elle souhaite rester discrète sur ce qui l'unit à François. Elle commence par une banalité :

– Tiens, Ghislaine n'est pas là ?

– Ben non, puisque François n'est plus là ! répond-il sèchement, comme si c'était une évidence. Tu te doutes bien qu'elle ne vient plus pour mes beaux yeux, comme elle le faisait avant !

– Ce n'est plus ta petite copine ? s'étonne Muriel.

– En tout cas, plus depuis que ce salaud de François me l'a piquée, explique Christophe, que l'évocation met en rage.

– Elle est avec François ? Ah, je ne le savais pas, répond Muriel, qui ne comprend pas encore ce que signifie pour elle cette information.

Tout entière centrée à son envie de revoir François, elle se permet enfin la seule question qui l'intéresse :

– Mais où est François ?

– Ah, tu n'es pas au courant ? demande-t-il, l'air embêté.

Et il assène :

– Il est à l'hôpital.

– À l'hôpital ? C'est grave ? s'inquiète-t-elle immédiatement.

– Je ne peux pas te raconter ça maintenant, poursuit-il, agacé, pour l'instant on s'amuse.

Interdite, elle s'exécute, boit, fume, danse. Deux pensées l'envahissent : Ghislaine sort avec François, et François est à l'hôpital. Elle perçoit la blessure de Christophe et comprend ses réponses agacées en début de soirée. Mais elle est déçue, son rêve commence à se briser. Avant de quitter la soirée, elle réussit à négocier avec Christophe de pouvoir rendre visite à François à l'hôpital le plus tôt possible. Il cède :

– Bon d'accord, soupire-t-il exaspéré, on peut aller le voir ensemble demain si tu veux.

Elle est au rendez-vous à l'heure fixée dans la cour de La Pitié-Salpêtrière. Christophe arrive en poussant le fauteuil roulant, que François occupe, sans comprendre ce qui se passe. Il est énorme, au point de déborder du fauteuil roulant. Le dossier ne recouvre que le quart inférieur du dos, ses jambes traînent par terre, ses bras ballants tombent de part et d'autre du siège, les mains frôlent les roues. Il a tout du pantin désarticulé dans sa façon de ne pas se tenir. Il n'a plus de tenue. Il ne tiendra jamais plus Pierrot. Le spectacle est fini ! Dans son visage sans expression, le regard perdu et vague semble exprimer de l'incompréhension. Une telle

4. ELLE

désolation donne à Muriel l'envie de pleurer. Les larmes aux yeux, elle écoute Christophe expliquer que, sous l'effet de la cortisone, les malades deviennent obèses. François ne parle pas, il ne reconnaît ni Christophe ni Muriel. Tout en faisant rouler le fauteuil bon gré mal gré sur les pavés des allées de l'hôpital, Christophe constate, fataliste :

– François ne retrouvera pas la mémoire, le cerveau a été trop touché. Il n'a pas été suffisamment oxygéné pendant la semaine de coma qu'il a passé seul dans sa chambre de bonne du sixième étage de la rue Jacob. Personne ne s'est inquiété, il n'aurait pas dû être là. Il était censé être au régiment. À la caserne, il avait demandé une permission, ce qui fait que personne ne s'était inquiété non plus de ne pas le voir. Il n'en pouvait plus d'être sous les drapeaux. Il espérait s'évanouir devant un gradé pour obtenir un raccourcissement de la période due, et avait pris des médicaments pour y arriver, mais l'erreur de dosage a décalé l'effet dans le temps. Il s'est évanoui, trop tard, seul dans sa chambre de bonne.

Malgré l'état végétatif terrifiant de François et sa perspective d'avenir désolante, Christophe ne peut pas s'empêcher de penser, avec horreur, que son grand frère ne pourra plus jamais être méchant avec lui.

Muriel sent sa poitrine se serrer. Que de questions ! A-t-elle perdu François définitivement ? Comme ça, sans crier gare ? Quelle fin brutale pour son unique histoire d'amour ! Elle ose alors une confidence et dit à Christophe :

– Nous étions très amoureux, ton frère et moi.

– Lui pas tant que tu crois, la corrige Christophe : il avait Ghislaine, mon ex, elle était devenue sa légitime. Et même elle, d'ailleurs, ne savait pas qu'il rentrait...

Muriel mesure peu à peu combien elle était dans l'illusion en croyant vivre une grande histoire d'amour avec un homme formidable qui n'aimait qu'elle. Leur relation ne se termine pas tragiquement, dans un grand élan romantique, c'est une trahison pure et simple. L'infidèle ne l'abandonne pas parce qu'il n'est plus en état cérébral et physique de l'aimer, le perfide l'a abandonnée pour la fameuse Ghislaine ! La « pauvre » Ghislaine avait dû être le trophée de la compétition fraternelle et cette idiote avait dû se sentir valorisée, enfin reconnue. Mais que ce gros pot de colle sans amour-propre ait pu profiter des bras attentionnés de celui que Muriel chérissait en secret lui donne envie de crier à l'injustice. Une telle déloyauté provoque des larmes de rage qui se mettent à couler le long des joues de Muriel. Son grand roman d'amour n'est qu'une banale rencontre avec un goujat un peu original.

La Fatalité, rubrique des faits divers

Christophe L. ne supporte pas l'état végétatif où un accident dramatique a laissé son frère, et se suicide en laissant un mot d'excuses à ses parents pour son geste fatal. Les parents effondrés qui perdent ainsi leur deuxième enfant s'accablent de reproches :

– On n'a rien vu venir. Elle a donné le change. Encore la semaine dernière, elle nous avait fait une blanquette de veau en nous laissant croire que tout allait bien.

5. NOUS

Nous avions acheté la plus belle maison du village, comme le répéta encore le notaire quand vint le moment de signer l'acte de vente qui allait faire de nous pour la première fois des propriétaires. Il avait tenté de faire valoir, pour nous appâter, qu'une inscription de la demeure de prestige, une maison de maître de la fin du XIXème siècle, au titre des monuments historiques n'était pas à exclure. Il n'avait pas trouvé mieux pour vanter la marchandise, mais c'était en pure perte : nous avions déjà arrêté notre choix, un vote en bonne et due forme avait classé ce bien en tête des trois maisons finalistes.

L'enjeu symbolique était important, il s'agissait d'enraciner là une nouvelle lignée familiale, celle que nous avions commencé à créer avec nos deux enfants, sans compter le troisième, qui était en route. Sur nos deux familles, l'une était trop attachée aux traditions pour concéder une place au sein de la propriété ancestrale à un autre fils que l'aîné de la fratrie, et la seconde, entre veuvages et divorces, était dispersée. Il n'existait donc pas d'endroit où s'ancrait une histoire familiale en mesure de nous accueillir tous les deux, ou plus exactement les quatre, bientôt les cinq. De là naquit la décision d'en créer un. Nous étions d'accord sur les critères de recherche de notre futur paradis terrestre : que les distances aux différents lieux de vie de nos parents respectifs soient plus ou moins égales et un climat chaud. La géométrie nous a emmenés dans le sud-est de la France. Un critère que nous n'avions pas envisagé s'est trouvé du même coup rempli : nous serions proches d'Avignon, dont nous fréquentions assidûment le festival depuis plusieurs années.

Sans capital économisé, le budget pour financer cet achat nous paraissait extravagant. Nous avions profité plusieurs années des largesses de l'État envers ses coopérants, et il devenait urgent de placer nos gains, qui sans cela nous filaient entre les doigts : billets d'avion, achats de pièces artisanales de plus ou moins bonne facture, location de maisons d'été somptueuses pour inviter toute la famille et les copains, très grosse voiture neuve ; pas moyen de garder quelques sous, l'immobilisation des capitaux s'imposait. Nous travaillions pour gagner cet argent, sans ménager notre temps, autant le valoriser. Travailler sans relâche était un objectif d'autant plus facile à atteindre que nous avions du personnel à la maison pour s'occuper des enfants encore très petits, du ménage et de l'intendance. Il ne manquait qu'un chauffeur, mais nous avions trop de plaisir à conduire nous-mêmes pour en embaucher un. Les banques, au vu de nos salaires indécents et de nos contrats à l'étranger encore valables quelques années, acceptèrent de nous prêter le million nécessaire. Et nous fîmes l'acquisition d'un million en pierre !

6. VOUS

La maison présentait deux grandes unités mitoyennes, assorties d'un hangar, un ancien poulailler et un beau jardin clos par un mur en pierre du Gard. Sur le mur du fond du jardin se trouvait un cadran solaire auquel manquait le style, qui eût encore indiqué l'heure par la longueur et la direction de son ombre. Seules étaient toujours visibles les graduations tracées en demi-cercle sur une table de cadran, et les visiteurs s'extasiaient devant ce beau vestige, au point, souvent, de s'arrêter un moment pour admirer en silence la beauté de la gravure. Côté route, le mur était caché par une petite bambouseraie où poussaient aussi quelques plants noirs assez rares volés à Anduze par nos prédécesseurs. Rien n'empêchant l'expansion des bambous, ils se développaient naturellement en cercle. Ils commençaient à envahir une gloriette en fer forgé noir sur laquelle se répandait déjà une glycine. Au centre du jardin, un laurier qui n'avait jamais été taillé s'élevait plus haut que la maison. Il était entouré de buis tout aussi centenaires qui formaient un buisson protecteur, empêchant de pénétrer au cœur de l'arbre. Il y avait toutefois un étroit passage par où, moyennant quelques contorsions, on pouvait accéder, au cœur de ses branches devenues de vrais troncs avec le temps, à un espace rêvé pour y bâtir toutes sortes de cabanes d'enfants.

De ce beau jardin on pouvait accéder directement à l'une des deux ailes de la maison par une porte basse en bois. Sa simplicité rendait humble et provoquait une forme de retenue avant de vous laisser entrer dans une pièce immense que nous avions immédiatement baptisée « grand salon ». C'était une grande salle pavée de tomettes rouges carrées. Elle s'ornait d'une cheminée prétentieuse, qui n'était pas d'époque ; non seulement elle déparait, mais encore elle se révéla fumante à la première flambée qu'on y alluma, la taille du tablier ayant été mal calculée par le fils du voisin d'en face lorsqu'il l'avait construite. La pièce était impossible à chauffer l'hiver ! L'impression d'espace qui s'en dégageait venait de ses deux vastes fenêtres et de sa double porte ovale donnant sur un jardinet préservé du vis-à-vis par un grand portail plein en fer forgé, accroché à deux hauts piliers de pierre. Les enfants se sont souvent perchés sur les chapiteaux. Mais l'on finissait par se rendre compte que ce « grand salon », tout compte fait, n'était qu'une ancienne grange aménagée. La vraie maison de maître, c'était l'autre aile.

La demeure, conforme en cela aux maisons de maître traditionnelles, marquait l'angle où se recoupaient les deux anciennes rues principales du village. Avec le développement de la circulation le croisement était devenu carrefour. L'effet majestueux de l'entrée de la maison avait été réduit à néant lorsque la mairie, par pur calcul électoral, pour faciliter les manœuvres des tracteurs et des camions dans le virage, avait préempté une bonne partie du jardin avant. On n'avait plus le recul nécessaire pour admirer le travail sur la façade de l'édifice, on était immédiatement acculé au muret rehaussé d'une palissade en fer forgé qu'heureusement la mairie avait reconstruit à l'identique. Les proportions étaient telles, depuis, que l'arrogance bourgeoise qui s'étale aux yeux des manants n'était plus qu'un souvenir. La mairie avait réussi à imposer cette amputation qui dépouillait de tout prestige les précédents propriétaires de la demeure, lesquels ne plaisaient pas du tout à ses électeurs conservateurs. Disons pourquoi.

Les anciens propriétaires avaient mauvaise réputation dans le village. Ces originaux - elle traductrice, lui auteur de pièces radiophoniques - n'avaient pas réussi à s'intégrer à la population et étaient soupçonnés de tout et n'importe quoi : ils se seraient adonnés à la drogue, à l'alcool, mais surtout leur recherche infructueuse d'un trésor de légende prétendument

6. VOUS

caché pendant la guerre dans une des deux caves voûtées avait particulièrement alimenté des jalousies, avant même son hypothétique découverte. Cependant nous avions été touchés par l'histoire de la femme qui, après son accouchement dans la maison, à l'ancienne, avait enterré le placenta dans le jardin, au pied de la glycine. Plus tard, nous devions mettre au même endroit un parterre de fleurs blanches pour laisser la trace d'un enfant inexistant aux yeux de l'administration, dans la mesure où il était décédé après un avortement thérapeutique à six mois de grossesse.

Après la destruction et la reconstruction du muret et de sa grille en fer forgé à l'identique, les propriétaires, en représailles, avaient laissé se développer sur l'avant deux tilleuls centenaires comme le laurier et les buis du grand jardin de l'arrière de la maison. Les branches, qui n'avaient pas été élaguées pendant plusieurs décennies, cognaient dorénavant la façade, cachant davantage les pierres sculptées, le balcon et les encorbellements. Elles débordaient sur la route, agressant les ennemis de passage. Quant aux troncs, qui devaient faire un bon mètre de diamètre, ils comblaient presque l'espace entre le mur principal de la maison et la grille, et leurs racines risquaient bientôt de s'attaquer aux fondations de la bâtisse. La mairie, qu'embarrassait plutôt ce conflit, avait cédé devant les demandes répétées des administrés pour mettre au pas cette famille originale en aménageant le carrefour, mais elle appréciait aussi les impôts locaux non négligeables qu'une telle demeure rapportait à la commune. L'édile relançait donc périodiquement de manière discrète les propriétaires pour leur demander d'élaguer les excroissances qui débordaient sur la rue, conformément à la loi. Mais eux s'en souciaient comme d'une guigne et laissaient croître les tilleuls, profitant de ses fleurs bienfaisantes ramassées en début d'été pour en faire des tisanes l'hiver. Les rappels à l'ordre municipaux étaient beaucoup trop mous pour certains. C'était scandaleux ! Enfreindre la loi et échapper à toute sanction ! Les branches des tilleuls continuaient ainsi à entretenir la mise au ban de la famille par une bonne partie du village qui menait la guérilla contre les piétons, les vélos, les tracteurs, les voitures et les camions !

On entrait, depuis l'amputation du jardin avant, en longeant le bâtiment et non plus de face comme dans un château, par une minuscule allée de pierre menant à trois marches splendides. Derrière la porte d'entrée monumentale en bois sculpté se trouvait un hall pavé de carrelages décorés dont la couleur était imprimée en profondeur dans les carreaux de ciment italien. Au fond du hall, bien visible de l'entrée, s'élançait un escalier en pierre grise avec une rampe en bois qui débutait par une grosse boule qu'on croyait de marbre tellement la peinture sur plâtre était artistiquement réalisée. Mais à peine on la touchait, la chaleur de la matière estompait l'illusion minérale.

Une fois dans le hall, on apercevait immédiatement sur la gauche une porte qui donnait sur une pièce servant de cuisine, avec un plafond voûté comme une cave et recouvert de carrelages émaillés jaune pâle très inhabituels. De la cuisine, une porte logée dans l'embrasure du mur particulièrement massif masquait le passage vers le grand salon. On imaginait tout de suite le service entre la cuisine et le grand salon qui servirait de salle de réception lors des fêtes de fin d'année et des anniversaires. Une troisième porte ouvrait sur une pièce à cheminée, d'époque celle-là, avec une fenêtre sur le jardin arrière de la maison. Cette pièce servait de bureau à l'ancien propriétaire et semblait effectivement tout à fait adaptée à des travaux d'écriture.

À droite en entrant dans le hall une porte ouvrait sur le « petit salon », une pièce tout en longueur donnant sur la rue

6. VOUS

avec vue sur l'arrêt du bus de ramassage scolaire. Nous avons très vite condamné la double porte fenêtre ouvrant directement sur la route, sans trottoir, par mesure de sécurité. Les vitres des fenêtres tremblaient au passage des camions et autres tracteurs et donnaient l'impression que le petit salon était le trottoir même ! Nous ne tardâmes pas à changer les huisseries, de manière à être protégés des bruits extérieurs par des doubles vitrages et à profiter de ce petit salon l'hiver.

Environ à mi-hauteur du magnifique escalier tournant se trouvait, trouée dans le mur, une meurtrière élargie d'où l'on pouvait contempler l'ensemble du jardin à l'arrière de la maison. Cette fenêtre procurait un éclairage naturel que complétait un lustre étonnant, d'un style difficile à qualifier. Le gris foncé du grès sale des marches et contremarches avait retrouvé sa couleur naturelle et était devenu un splendide gris clair après notre ponçage, et puis nous avions rehaussé son poli en passant un vernis de protection qui lui avait donné une légère patine brillante. Enfin, le lessivage et la peinture des murs de la cage d'escalier dans la foulée, puis la rénovation de la rampe avaient rendu à l'ensemble son allure majestueuse d'antan. Que de fois nous avons pu descendre cet escalier monumental en jouant les grands seigneurs !

Nous avions aménagé les pièces de l'étage en trois chambres et un salon de musique-bibliothèque. Petit à petit, les murs et les plafonds, recouverts de couleurs variées allant du rose bonbon au bleu marine en passant par le vert pâle et l'orange, furent repeints en blanc. L'atmosphère était alourdie par ces couleurs criardes ou très sombres où se lisait la folie de l'ancienne propriétaire qui passait par des phases tantôt maniaques tantôt dépressives. Dans ce que nous appelions pompeusement la bibliothèque - salon de musique nous avions casé le piano droit Pleyel. Ce piano ne nous avait pas suivis dans notre déménagement à l'étranger, mais nous y étions très attachés, car il avait subi nos premières répétitions à quatre mains. Lorsque nous avons appris que la manufacture qui l'avait fabriquée était dans la région, nous y avons vu un signe supplémentaire que notre destin était bien de nous enraciner là, et pas ailleurs. Le piano, lui au moins, revenait dans les lieux qui l'avaient vu naître. À sa droite trônaient un grand pupitre en fer noir et un porte-partition en bois exotique fabriqué sur mesure. Les partitions étaient pour la plupart rassemblées dans des reliures en cuir réalisées par des artisans à l'étranger dans des échoppes tellement sordides, tellement exiguës qu'on se demandait comment il était possible d'y produire de telles merveilles. Contre les murs de la pièce se trouvaient toutes sortes de bibliothèques et d'étagères en bois sans aucune unité. L'ensemble, plutôt dépareillé, accueillait plusieurs séries de livres partiellement classées mais sans un quelconque principe général qui mît une certaine logique dans la totalité : livres d'enfants, bandes dessinées, livres scolaires, livres d'études liés à nos propres travaux, *L'Aventure psychanalytique* de Michel Siméon et Robert Ariel, livres d'art et de cuisine, dictionnaires de toutes sortes, bilingues ou non, laissés par nos prédécesseurs, livres en langue étrangère, romans policiers en masse, poésies, œuvres théâtrales, classiques en français, Shakespeare en édition anglaise, Brecht en édition allemande, un *Enfer* de Dante en bilingue italien-français, quelques titres venant de la collection dirigée par Jane Sctrick des éditions Phébus, les *Œuvres complètes* de Churchill, des numéros du magazine *Picsou*, un petit nombre d'ouvrages rares et très spécialisés relevant de nos domaines de recherche mais sans intérêt pour un profane, de très anciennes revues dont un historien eût peut-être fait son miel, mais que nous n'avions jamais lues, nous contentant de les traîner depuis toujours de déménagement en déménagement sans jamais nous être

6. VOUS

expliqué la raison d'une telle persévérance. Ces linéaires d'œuvres éclectiques doublaient les murs, protégeaient du froid et entretenaient une ambiance chaleureuse et douillette bien agréable pour lire ou jouer du piano.

Nous n'avons jamais réussi à stocker du vin dans les caves voûtées, ventilées à température idéale pour conserver des aliments et des bouteilles. L'ambition démesurée de posséder une cave remplie de vins de Bourgogne à rendre jaloux les copains, nous avions dû vite en rabattre. Irancy de Meslin, Chablis grand ou premier cru et Petit-Chablis, Aloxe-Corton, tout était bu en continu. Quelques caisses de Pomerol achetées pour compléter le stock n'avaient résisté que six mois aux partages avec quiconque était de passage. Le vin coulait dans nos gosiers et disparaissait au fur et à mesure que nous nous en procurions, comme l'argent nous avait glissé entre les doigts les années précédentes. Nous dépensions comme nous buvions, sans arrêt. Nous avions fini par acheter le vin blanc en vrac dans des cubis en plastique à la coopérative du coin qui fournissait Chablis à l'insu des consommateurs.

Ce soir à 17 heures, nous sommes allés chercher Hugo, notre fils aîné, à la descente du car qui le ramène de l'école maternelle. D'autres parents viennent aussi chercher leurs enfants. Parmi eux se trouve le chevrier, le marchand des fromages de chèvre que Hugo dévore avec délectation. Le père de la petite Béatrice, qui est dans la même section que Hugo, est aussi l'ancien président de l'association des parents d'élèves des écoles du regroupement de trois petites communes. Père et fille partagent la même corpulence un peu rondouillarde, elle est timide, lui un peu bourru mais sympathique, on le sent à l'écart des autres parents d'élèves. Il s'approche de nous, les nouveaux venus, il a envie de nous parler. Nous dénigrons l'institutrice qui s'exhibe dans des mini-jupes inappropriées pour ces très jeunes élèves et qui a refusé de scolariser notre petit Laurent à deux ans et neuf mois, puis il nous raconte qu'il a menacé l'école de scolariser ses deux enfants ailleurs si on lui refusait son petit à deux ans. Cette expérience partagée lui donne sans doute l'impression qu'une complicité peut s'établir entre nous et changeant soudain de conversation, il déclare sur un ton presque confidentiel :

– J'ai des choses à vous montrer. D'anciennes photos de votre maison. Je les collectionne.

Nous répondons, machinalement, n'imaginant pas qu'une telle chose puisse se produire :

– Ça nous ferait plaisir de les voir.

Nous nous quittons, et chacun rentre chez soi. Alors que les petits sont déjà couchés, le heurtoir à tête de lion de la porte d'entrée fait entendre deux petits coups brefs. C'est le chevrier !

Il est venu nous montrer la collection de photos de la maison évoquée en attendant le car scolaire. Prisonniers de notre réponse polie, nous ne pouvons que le laisser entrer dans le vestibule, d'autant plus qu'il empeste l'alcool, et on ne sait jamais... Comme les voix résonnent dans ce grand hall, nous le poussons vers la cuisine pour éviter de réveiller les enfants. Il étale sur la table la collection de photos : celle-ci consiste en un tirage de très grand format qui a dû être encadré un jour, et d'autres, de taille plus classique, cartes postales anciennes ou simples reproductions.

– Ces photos, explique-t-il, la voix un peu embarrassée, je les ai pas montrées à ceux d'avant, ils me plaisaient pas beaucoup. Vous êtes les premiers à les voir.

Il a l'air entêté d'un homme un peu ivre qui poursuit avec obstination une idée qui lui a traversé l'esprit. Nous n'avons pas le cœur de le renvoyer chez lui avec ses photos et, d'autre

6. VOUS

part, nous sommes curieux d'entendre ce qu'il tient absolument à nous dire ce soir :

– J'ai habité cette maison quand j'étais petit. C'est moi, là, sur la photo. Mon père tenait un restaurant, il est mort maintenant, poursuit-il.

Mimique embarrassée, puis :

– Et sur celle-là, c'est votre mère ? nous faisons-nous préciser, évitant ainsi d'avoir à nous désoler de la mort de son père.

– Oui, répond-il, laconiquement, avant d'ajouter : Mon père tenait un café-restaurant. Ici (il montre le petit salon), c'était le café, il y avait un vrai bar en zinc, là-bas, explique-t-il en déplaçant son doigt sur la photo pour désigner ce que nous avions pompeusement nommé le grand salon, il y avait la cuisine et la salle à manger.

Nous avions entendu des histoires sur ce café, le jour du repas pour les habitants du village après les fêtes votives. Des vieux avaient évoqué cette époque avec gourmandise. Ils parlaient notamment des serveuses qui ne se faisaient pas prier pour monter à l'étage avec les clients. De la lanterne rouge. Nous avions beaucoup ri à l'idée d'avoir acheté l'ancien bordel du village. Ils avaient aussi parlé de la générosité du cafetier, qui coupait ses buis pour préparer les fêtes votives. Ils étaient contents de nous raconter leurs bons souvenirs, et nous étions ravis d'apprendre que notre maison avait pu ainsi remplir de plaisir les villageois.

– Ce sont des photos anciennes, elles datent de quand, à peu près ? lui demandons-nous.

– Une trentaine d'années, répond-il.

Ainsi, il a lui-même environ quarante ans, autrement dit une dizaine d'années de plus que nous.

– Vous êtes resté longtemps ? poursuivons-nous pour relancer les confidences.

En effet, maintenant qu'il a piqué notre curiosité, il va falloir qu'il nous en dise davantage.

– Je ne venais pas souvent, je venais aux vacances : mes parents étaient divorcés, lâche-t-il en baissant les yeux.

Pour dissiper son malaise, nous lui proposons de visiter la maison.

– Elle a dû changer depuis le temps, mais, si vous voulez, nous vous la montrons.

Et, joignant le geste à la parole, nous lui désignons le grand escalier d'un signe de la main plutôt encourageant. Mais il résiste.

– Non, non, je n'y tiens pas…

Pour nous montrer accueillants et détendre l'atmosphère, alourdie par ce retour dans ses souvenirs, nous vient l'idée, tout à fait bizarre, d'offrir un verre à cet homme déjà bien imbibé d'alcool, probablement pour avoir voulu se donner le courage de venir nous voir. Mais lui ne répond même pas. Gênés, mesurant l'imbécillité de la proposition, nous sautons du coq à l'âne :

– Vous savez, Béatrice pourrait parfois venir jouer avec Hugo en sortant de l'école. On la récupérerait au car avec Hugo, et ils pourraient passer une heure ou deux ensemble à jouer. Ça ne nous dérangerait pas du tout, si vous êtes d'accord.

– Oui, elle veut toujours aller chez des copines, ça lui ferait plaisir, répond-il, soudain enthousiaste et reconnaissant de notre effort pour changer de conversation.

Mais il passe à autre chose, un cadeau avec contrepartie :

– Je vous donne la grande photo, à condition que vous la remettiez où elle était. Dans l'escalier, qui monte du couloir.

Comme nous longeons celui-ci, il nous montre où en allongeant le bras.

– Là-haut !

6. VOUS

Nous voulions justement poser un grand miroir sans parvenir à décider quel mur serait le mieux indiqué. Fixer la photo sur le mur signalé par le chevrier réglait le problème du choix du mur pour le miroir. Parfait !

– Cette photo fait partie de la maison. C'est bien qu'elle y revienne, affirme-t-il d'un ton un rien pontifiant.

– Alors, c'est d'accord, lui assurons-nous, joviaux.

Notre petit groupe se retrouve dans la cuisine et, comme si nous n'avions pas ressenti combien les émotions étaient fortes pour lui, nous lui faisons cette invite dans l'allégresse :

– Enfin, peut-être qu'aujourd'hui vous n'en avez pas envie mais, quand vous voulez, vous pouvez venir visiter la maison.

– Non, non c'est trop de souvenirs, se récuse-t-il avec une voix mouillée.

Que faire s'il se met à pleurer ?

– Ce serait chouette pour Béatrice de venir dans la maison de son grand-père, affirmons-nous, toujours pleins d'allant.

– Oui, elle sait que son papi est au ciel et que c'est pas le même que son papi de maintenant puisque ma mère s'est remariée. Mais... Allez, je vais vous le dire : mon grand-père a tué mon père.

La surprise nous cloue sur place.

– Vous savez, les gens racontent n'importe quoi, murmure-t-il.

Nous avions entendu parler de meurtre dans cette maison. Mais nous pensions l'histoire bien plus vieille. Nous nous souvenions de l'histoire d'un père qui aurait tué le mari qui rendait sa femme trop malheureuse, mais nous n'avions pas imaginé que c'était le propre père du mari. Un peu vite, nous avions fait l'hypothèse que le père de la femme, pour défendre sa propre fille, avait un jour tué le mari violent.

Mais il s'agissait de l'inverse d'un parricide, ce n'est pas le fils qui a tué son père, c'est le père qui a tué son fils, il n'y a même pas de mot pour désigner ce crime-là, un « filicide », un « filiocide », ça manque ! Nos esprits de chercheurs, sitôt abandonnée l'hypothèse fallacieuse, enclenchent immédiatement le canon à questions : où, quand, comment, quel est le détonateur du geste fatal ? en quoi la belle-fille avait-elle plus d'importance aux yeux du beau-père que son propre fils ? pourquoi détestait-il son fils à ce point ? n'aurait-il pas été possible de l'éloigner de sa femme ? de les séparer ? Pourtant, à cette époque, le dicton « bat ta femme, si tu ne sais pas pourquoi, elle, elle le sait ! » était encore très en vogue dans tous les milieux sociaux. Et la mode était plutôt à accuser la femme, forcément responsable : mauvaise épouse, mauvaise mère, elle n'allait pas en plus bénéficier de la compassion générale sous prétexte que de temps en temps le mari était obligé de la corriger ! Qu'avait donc fait ce mari à sa femme ? Quelle violence, poussée à quel degré, avait-elle dû subir avant que son beau-père la protège des coups de son mari ? Et lui, le chevrier, alors enfant, qu'est-il devenu ? Ne nous a-t-il pas dit tout à l'heure que ses parents avaient divorcé ? Dans ces conditions, est-ce que ce serait encore pour protéger sa bru que son grand-père aurait tué son père ? C'est bien embrouillé, tout ça ! Il eût été très inconvenant et particulièrement indiscret de poser toutes ces questions sur-le-champ. Aussi, histoire de maintenir, comme tout le monde, le couvercle solidement posé sur l'affaire, et sans bien nous rendre compte qu'ainsi nous étions complices de l'omerta et des conséquences désastreuses que ce silence aurait sur la petite Béatrice, nous avons pris le parti de nous taire comme tout le monde. Et nous de lui assurer, la main sur le cœur :

6. VOUS

– On comprend bien que vous ne vouliez pas que Béatrice sache cela… Ne vous inquiétez pas, nous ne ferons pas de gaffe, nous ne lui en parlerons même pas.
– Oui, c'est moche comme histoire, concède-t-il.

Maintenant qu'il a dit ce qu'il voulait dire ce soir, qu'il nous a confié son secret, nous nous retrouvons bien encombrés par toutes les questions que soulève l'histoire. Nous n'avons plus qu'une hâte : qu'il parte ! Mais il s'attarde. Nous essayons de le congédier :
– Bon ! Eh bien voilà, merci pour la grande photo, nous ferons faire des tirages à partir des petites que vous nous prêtez.
Aimables, alors que nous ne souhaitons plus que son départ, nous poursuivons, bien élevés :
– On ne sait même pas votre nom, pour nous vous êtes le chevrier dont Hugo adore les fromages. Depuis peu on sait le prénom de votre fille, car Hugo m'a dit qu'ils étaient dans la même classe et que c'était sa copine.
– Moi, c'est Gilles.
Et, en totale contradiction avec notre désir de le voir quitter les lieux, nous enchaînons les questions :
– On ne connaît pas votre femme, ou si on la connaît pour l'avoir croisée dans le village, on ne sait pas mettre son nom sur son visage.
– Elle sort peu. C'est un personnage, répond-il, sans donner plus de détails.
Il en vient à parler du fait qu'ils ont mis dix-sept ans avant d'avoir leurs enfants et que c'est arrivé quand ils n'y croyaient plus. Nous racontons l'histoire d'une copine qui est tombée enceinte quand le couple eut décidé d'adopter un enfant. Gilles dit qu'eux aussi ont essayé d'en adopter, mais qu'il fallait attendre neuf ans, c'était trop long, et puis ils ne

voulaient pas de fécondation *in vitro*. Pourtant on la leur avait proposée. Nous nous exclamons :

– Enfin, maintenant vous avez deux beaux enfants, c'est formidable !

Mais quand donc va-t-il s'en aller ?

Lorsqu'il décanille enfin, nous plantant là avec toutes nos questions et cette promesse de maintenir le secret, nous nous affalons dans les canapés du petit salon. Puis, nous retrouvons doucement notre bonne humeur en nous moquant d'abord, mais sans trop nous prendre au sérieux, de la bonne affaire que nous avons réalisée en achetant cette maison-là ! Puis en piquant une bonne crise de rire en songeant que cette demeure prestigieuse de la fin du XIXème siècle avait été un bordel et le théâtre d'un crime dont il aurait été vraiment dommage de nous priver ! Pour l'inscription aux monuments historiques, ce n'est pas gagné ! Entre cette anecdote et celle du trésor dans la cave, nous en aurons des histoires à raconter à toutes les personnes qui passeront à la maison – au moins nous pourrons divulguer le secret sans souffrir de ne pas pouvoir le partager avec Béatrice !

Lo malastre, rubrique des faits divers

Elle apprend à 42 ans le terrible secret de famille qu'on lui a caché tout ce temps : son arrière-grand-père avait tué son grand-père ! Elle s'aperçoit de plus qu'elle était la seule à ne pas le savoir. Elle se rend compte qu'on l'a laissée se développer comme un rat de laboratoire auquel on inflige les pires épreuves et dont on observe les efforts pour s'en sortir. Dévastée par tant de mensonges, se sentant totalement trahie par tous ceux qu'elle aime, elle se venge et empoisonne son père.

6. VOUS

Ma très chère amie,

Je sais que votre temps libre est compté et qu'entre vos activités professionnelles, familiales et politiques, vous avez un emploi du temps digne d'un ministre. Cependant je vous prie de bien vouloir consacrer quelques minutes, sept, ce n'est pas beaucoup sept, et puis sept est un bon nombre, à la lecture qui suit car il m'est arrivé ce matin une drôle d'aventure dont je veux absolument vous faire part.

J'imagine qu'il en est de même pour vous : chaque fois que j'allume mon ordinateur, un nouveau fond d'écran apparaît. Rien d'exceptionnel à cela. La fréquence d'apparition des images est variable puisque le changement de décor dépend de l'heure à laquelle je mets en route l'appareil. L'ordinateur pioche une photo de manière aléatoire dans un dossier que j'alimente régulièrement de clichés qui témoignent – c'est on ne peut plus subjectif – de ma vie telle qu'elle s'est déroulée jusqu'à présent. J'aurais pu régler l'appareil pour avoir un carrousel de photos choisies mais je préfère m'en remettre au hasard installé en mémoire de cet outil, « implémenté », comme disent les informaticiens. Grâce à notre familiarité avec les statistiques nous savons toutes les deux que ce hasard-là n'est pas véritablement un hasard. Mais je ne vais pas reprendre maintenant la discussion entre Descartes et Pascal, quoiqu'un peu de philosophie au réveil n'ait jamais fait de mal à personne, vous ne me contredirez pas, j'en suis sûre.

Plus j'avance en âge, plus ce dossier aux 14 000 photos (déjà !) est fourni. Si l'on néglige l'ordre chronologique de classement des photos, il n'est pas impossible, en fouillant dans ces milliers de données en vrac, de leur trouver un certain ordre. En effet, les photos de mes enfants sont très majoritaires, celles de mon mari le sont un peu moins, puis, en ordre décroissant, on trouve de moins en moins de photos de nos parents, de nos frères et sœurs, des chiens et chats, des amis, des grands-parents et des voyages. Les moins nombreuses sont les photos d'autres membres de nos famille, oncles, tantes, cousins-cousines. Le hasard de la machine a beau être calculé, il fait tout de même bien les choses et mes enfants apparaissent aléatoirement, presque naturellement, très souvent. Cette vision me remplit de fierté à chaque fois.

Je sais que mon absence complète d'objectivité vis-à-vis de l'importance primordiale de mes enfants vous fait rire. C'est pourquoi j'ose encore l'amplifier et la répéter pour vous mettre de bonne humeur. La manière dont mon ordinateur me soutient dans cette adoration maternelle devrait éveiller une fois de plus la curiosité de votre fils, lorsque vous

6. VOUS

raconterez à ce surdoué précoce comment la machine ordonne mon chaos. Ce garçon a toujours eu besoin d'être nourri de savoirs, et vous avez toujours pris soin de répondre aux innombrables questions suscitées par sa curiosité d'enfant. Je suis sûre que parfois il lui arrive de mettre dans l'embarras les professeurs de l'école d'ingénieurs qu'il a glorieusement intégrée dès le premier essai. Je vous admire pour cette patience et je vous jalouse un peu pour ces bonheurs quotidiens que cela procure de transmettre du savoir. C'est l'ultime plaisir, transmettre, pour que la chaîne de la vie ne se brise pas. Il faut en profiter avant l'effondrement qui s'annonce.

Moi, je n'ai pas réussi à transmettre à mes propres enfants le plus possible de ce que je sais et sais faire, il faut dire qu'ils n'étaient pas très réceptifs. Quel dommage ! À qui vais-je donc bien pouvoir transmettre l'art de coudre un bouton de telle sorte qu'il ne se découse pas à la première occasion ? Et mes recettes de confitures, qui va les perpétuer ? Je ne fais pas les meilleures confitures du monde, mais je fais de bonnes confitures, et ce bon résultat obtenu après plusieurs essais compterait pour du beurre et ne profiterait à personne ? Je trouve tellement difficile de laisser les jeunes réinventer l'eau chaude tout le temps, pas vous ? Je n'arrive pas à me résoudre à ne pas les faire bénéficier de mes expériences !

Pour l'instant mon ordinateur garde en mémoire les témoignages visuels de ma vie. Les photos ne racontent pas forcément le contexte dans lequel a été réalisée la prise de vue. Elles ne disent pas les secrets de famille, les chagrins d'amour, les humiliations, les blessures corporelles intimes, l'arrachement aux lieux d'enracinement, la détresse de la solitude non choisie.

Choisissons par exemple cette photo, assez ancienne, où il y a mon père et son épouse, mon mari et moi. Cette photo pose un problème de tri ; quelle étiquette lui attribuer ?

mari ? parents ? moi ? Vous avez évidemment remarqué que je n'avais pas comptabilisé mes propres portraits. Nous sommes tous très souriants sur ce cliché, comme si le bonheur était là. On ne voit pas que j'ai fait une fausse couche la veille, que mon esprit est ailleurs, avec cet enfant qui a failli exister. On n'entend pas la colère intérieure contre cette promesse d'un nouvel autre moi-même qui ne sera pas tenue. On ne ressent pas la douleur physique, les maux de ventre qui me tenaillent après la révision utérine opérée dans une clinique privée. On ne goûte pas non plus à l'absurdité de l'infirmière présente à mon réveil après l'anesthésie générale qui m'a ordonné :

– Ne pleurez pas, vous allez avoir mal à la tête !

Mais revenons à vous. Je sais bien que vous n'avez pas que ça à faire. Aujourd'hui, précisément ce matin, là, *immediatamente, subito*, alors que j'allume la machine pour vaquer à mes occupations informatiques habituelles... Oui, je sais onze heures est un peu tard mais j'ai fait d'autres choses avant ! et allumer l'ordinateur n'est pas forcément synonyme de début de ma journée de travail. Je l'allume parce que je l'éteins très souvent, par souci d'économie de ladite machine et d'économie d'énergie aussi. C'est mon petit côté écolo. J'évite que les écrans de veille ne consomment inutilement de l'électricité. L'engin me rend la plupart du temps un service docile et courtois. Il exécute toutes mes commandes correctement et me distrait agréablement en diffusant aléatoirement, ou presque, les photos de ma petite vie. Mais je peux bien vous le dire, je l'éteins également pour me venger de ses mesquineries, car il s'autorise des blagues. Il tente de me faire croire qu'il est totalement éteint alors que ce facétieux n'est qu'en veille. Avec audace, il me guette tapi derrière son écran noir, prêt à afficher une photo, sans que je puisse prévoir laquelle,

6. VOUS

dès que je remue la souris. Puisqu'il semble se moquer de moi, je saisis ce prétexte pour lui couper effectivement le sifflet le plus souvent possible. Je le punis pour toutes les fois où il ose s'éteindre inopinément, quel culot ! Sans doute pour se venger des longues heures de travail que je lui inflige ; sans même m'en avertir, ou alors si subrepticement que je n'ai pas le temps d'apercevoir le message d'alerte. Il prétexte, pour s'éteindre, une certaine lassitude ou sa batterie à plat et me fait perdre quelques heures de travail sans aucune considération pour ma propre fatigue ! L'impuissance face à ce type de comportement désinvolte provoque des colères hurlantes et il s'en faut souvent de peu que je ne déclare la machine hors service. Il faut bien se défendre contre ces agressions sournoises ! Sans compter tous les moments où il me distrait de mon travail en faisant apparaître des fenêtres imprévisibles contenant des messages publicitaires inopportuns avec un de ces toupets ! Ces attaques s'opposent à ma volonté farouche de ne laisser passer aucun message publicitaire. Le démiurge crée lui-même les trous dans le pare-feu qui est censé empêcher les intrusions étrangères au cœur de mon espace électronique. Heureusement, notre combat n'est pas quotidien. Il obéit à mes ordres, le plus souvent sans rechigner. Il sait très bien que, s'il se comporte trop souvent en auxiliaire récalcitrant, je suis tout à fait capable de me débarrasser de lui. Par conséquent, en général il se tient à carreau. Il accepte mon autorité. Mais il ne peut pas se refuser quelques incartades. Celle de ce matin est déroutante parce que la photo qu'il m'affiche ne semble pas du tout choisie par hasard.

Et ce matin donc, alors ça ! me suis-je dit, il faut que je vous raconte ça tout de suite car c'est incroyable. J'espère que vous êtes en train de vous impatienter, de trouver que j'exagère et de regretter le temps que je vous vole, parce que je m'efforce de prolonger le suspense ! C'est important le suspense, c'est ce qui donne envie de continuer, c'est sûrement une des raisons qui nous incite tant à regarder les séries policières plus ou moins réussies de la même façon que lorsque nous étions adolescentes nous dévorions les romans d'énigmes, de Maurice Leblanc avec les aventures d'Arsène Lupin ainsi que les nouvelles à suspense de Maupassant. Les polars télévisuels n'apportent pas le même plaisir car ils sont, pour la plupart d'entre eux, centré sur le crime et l'arrestation du criminel dans une partie inégale avec le téléspectateur qui n'a pas tous les indices en main, tandis que les énigmes du XIXème siècle entraînaient le lecteur dans la recherche du mobile en disséminant tous les détails menant à la solution dans le texte – et en exhortant parfois le lecteur à faire travailler ses méninges. C'est flagrant chez Gaston Leroux ou Agatha Christie.

Cet appétit insatiable pour les énigmes, qui me rendit chercheure professionnelle, est pour moi, une tentative perpétuelle pour résoudre celle de ma propre vie. Malheureusement ma vie n'est pas un polar, et oui ! je ne suis pas maître du scénario, ni même des grandes lignes et cela me tracasse beaucoup. Il y a sans doute des co-scénaristes fourbes, forcément fourbes, tapis dans l'ombre, qui orientent l'histoire, sans me demander mon avis ! Pourtant je me lève de bonne heure, si, si, pour essayer de les doubler et dépister les détails qui pourraient aider à la résolution de l'énigme ; d'ailleurs j'ai commencé très tôt (les psys parlent là d'hyper-maturité enfantine) mais il va falloir que je cède, je n'ai pas tous les pouvoirs, pas même dans ma propre maison ! Je ne décide pas moi-même d'une partie de ma vie ! J'ai un inconscient !

6. VOUS

Ce qui m'arrive ce matin est donc encore une fois une preuve que l'inconscient existe. N'en déplaise aux pisse-froid et autres rabat-joie déterministes.

Je trouve, et vous ne pourrez qu'être d'accord avec moi lorsque vous serez parvenue à la fin de ce récit, que l'événement de ce matin est plus ennuyeux, car il semblerait montrer que mon ordinateur a lui aussi un inconscient. Comme si la machine essayait de manière plus ou moins consciente de se dégager du langage binaire imposé par son constructeur. En voilà une histoire !

Stanley Kubrick en 1968 a bien essayé de nous faire croire que HAL dans *2001 L'Odyssée de l'espace* avait une conscience et des sentiments, mais même les auteurs de science-fiction n'ont pas osé imaginer que les ordinateurs puissent un jour agir inconsciemment. Moi, je ne vois pas d'autre raison à ce qui s'est passé ce matin. Ce matin, hasard véritable ou hasard calculé ? Quoi qu'il en soit, l'événement confirme que les objets inanimés ont une âme ; contrairement à ce qu'affirmait Lamartine dont on nous a rebattu les oreilles au lycée !

Bref. Si ! bref ! Vous n'avez lu que pendant cinq minutes jusqu'ici, c'est peu ! Et je vous ai annoncé sept minutes de lecture en tout. Non ! je n'abuse pas ! je prépare mon effet.

Ce matin, j'y arrive presque, à ce matin : c'est la photo de votre mariage à la mairie de votre petit village qui est apparue ! Ce jour-là vous régularisiez votre longue vie commune avec celui qui allait devenir votre époux. Vous êtes splendide en noir et blanc, d'une grande classe comme d'habitude, quelle élégance ! Le chapeau blanc avec des bords très larges laisse cependant voir quelques mèches de vos cheveux tellement bruns. J'ai longtemps cru que vous les faisiez teindre par votre coiffeur jusqu'à ce que j'ose vous poser la question. Votre réponse fut éclairante et simple :

– Mais non chère espiègle, les cheveux de ma mère étaient d'un brun intense et elle a transmis cette couleur, génétiquement dominante, à tous ses enfants.

Ah, cette petite mairie de campagne à peine assez grande pour tous les invités. Des amis vous avaient prêté une minuscule voiture rouge décapotable que vous, future mariée, avez conduit jusqu'à la mairie. Vous en êtes descendu la première, votre mari, en chapeau noir haut de forme, a déployé sur vos têtes une grande ombrelle blanche. On était noyé de tendresse à contempler ce tableau noir-rouge-blanc que rehaussait un soleil qui brillait comme il ne le fait guère dans cette région.

La photo qui est apparue ce matin sur mon écran a saisi l'instant classique de la signature du second témoin. Second parce que, évidemment, il me revenait d'être la première des deux !

Vous êtes assise, le témoin est debout à votre droite. Sur la photo vous êtes de profil, la tête légèrement orientée vers le haut, vous regardez son visage pendant qu'il signe le registre. Une pince tient délicatement votre chapeau et un peigne brille dans votre chignon. Vous êtes magnifique ! Je sens dans cette belle photo de vous tout l'amour du photographe. C'était sûrement un ami. Nous autres regardons le témoin en train d'apposer son paraphe. Je suis debout un peu plus à votre droite encore. Avec l'un de mes enfants à mes côtés nous fixons la main qui signe, et qui va finir sa tâche. Derrière vous, votre fils en fait autant par-dessus votre épaule. Ensuite, je ne veux pas dénoncer mais il en est dans

6. VOUS

l'assistance qui ne sont pas concentrés sur l'importance du moment et dont les yeux se portent ailleurs !

La probabilité d'apparition de cette photo est très faible mais non nulle, la preuve en est qu'elle est apparue ce matin. En effet, en temps normal, comme je vous l'ai expliqué au début, ce sont plutôt mes enfants qui envahissent mon écran. Rien d'étonnant à cela, donc. En revanche, sans l'hypothèse de l'existence d'un inconscient de la machine, le phénomène insolite de ce matin est inexplicable. Curieusement, l'engin m'a montré cette photo qui est cadrée de telle sorte que votre mari en est absent. Malgré le calendrier qu'il a en mémoire, l'ordinateur ne peut pas calculer de sortir, précisément aujourd'hui, parmi toutes les photos de votre mariage dont je dispose, celle où il manque votre mari !

Ma très chère amie, je pense à vous très affectueusement en ce jour triste d'anniversaire de son décès.

La Poisse, rubrique des faits divers

Cité des 4 000 Logements à La Courneuve : exaspérée par les inserts publicitaires qui envahissent son écran d'ordinateur, incapable de se protéger de ces intrusions, la vieille femme, de colère, jette son partenaire diabolique par la fenêtre de son appartement du dix-huitième étage de la tour. L'appareil, qui a volé en éclats en atteignant la dalle, a blessé au passage, très légèrement par chance, un charmant et innocent vieillard de ce quartier chaud.

7. ILS

Cela faisait presque deux ans qu'ils se retrouvaient régulièrement dans ce petit café typique des bistrots parisiens. « On va *Chez Léa* ! » : le point de ralliement était la table rectangulaire du fond, à côté de la porte des toilettes, autour de laquelle les uns opteraient pour la banquette en cuir usé adossée au mur beige et chichement décoré de deux cadres en bois, laissant aux autres les chaises droites et dures, deux en principe, qui se logeaient sur la longueur, sinon qu'on en doublait souvent le nombre en en rajoutant une sur le côté puis une quatrième, qui écartait un peu les deux premières pour se loger entre elles. De cette manière, ils arrivaient à s'agglutiner à huit dans cet espace de réunion prévu pour quatre personnes au plus. Ce n'était pas d'un grand profit pour le commerce, cette assemblée qui non seulement consommait très peu, mais encore restait des heures à discuter. Léa, la serveuse, malgré un air revêche qui donnait à penser qu'elle pourrait être désagréable, laissait la petite bande s'éterniser sans lui imposer de renouveler les consommations, se bornant à venir encaisser lorsqu'elle quittait son service. C'était le signal que la pause était finie : s'ils traînaient davantage, ils trouveraient fermé le restaurant universitaire, ce qui entraînerait un surcroît de dépenses s'ils désiraient tout de même s'alimenter... Sans avoir tous rigoureusement le même budget, ils étaient globalement dans la dèche.

Les discussions portaient sur les devoirs en cours (leur lycée était tout proche), sur les colles qui les attendaient, sur les concours qu'ils préparaient et sur la marche à suivre pour se venger de ces classes préparatoires qui leur volaient leurs plus belles années. Ils avaient opté pour cette filière dite d'excellence et s'infligeaient eux-mêmes les longues heures d'études, de réflexion, d'apprentissage par cœur dans l'espoir d'un très bel avenir. Pendant deux ans, trois ans parfois, ils se priveraient de cinéma et de sortie afin d'intégrer une école prestigieuse : ils gagneraient ainsi fort bien leur vie, mieux que leurs parents en tout cas pour certains ; au pire, ils reconduiraient le même niveau de vie, mais jamais au grand jamais ils ne se retrouveraient au bas de l'échelle sociale.

Ils se voyaient victimes d'une flagrante injustice face à « ceux de la fac » : eux avaient tout le temps qu'ils voulaient pour profiter de la vie, des cinémas, des terrasses de café, des discussions sans fin passées à refaire le monde, de leur famille, des vacances, des vraies, pas des vacances où on continuait à étudier encore six heures par jour. Que de repas dominicaux à lutter contre la famille, qui les pressait de sortir se vider la tête, eux qui ne songeaient avec impatience qu'à retourner finir un devoir ou réviser pour la colle du lendemain, au cours de laquelle ils auraient intérêt à recracher les yeux fermés les sempiternelles formules de

7. ILS

développement limité de cosinus hyperbolique que le « colleur » ne manquerait pas de leur demander de réciter. Il n'y en avait aucun parmi eux qui remît en cause son propre choix : c'est celui-là qu'ils avaient arrêté, ils s'y tenaient, ce qui ne les empêchait pas d'être en rogne contre ce lycée et ce système de sélection des élites dont la France s'était taillée une telle spécialité. Pour en faire partie, ils en faisaient partie ; mais il fallait voir le prix qu'ils avaient à payer en termes de renoncement, de frustration, de blessures morales, lorsqu'un colleur un peu plus sadique que les autres leur déversait des tombereaux d'insanités sur la tête, vociférant des « Nuls ! », des « Indécrottables ! » et osant des « Même ma femme de ménage ferait mieux ! », et pourquoi ? pour une insignifiante erreur de calcul qu'ils avaient commise, déconcentrés par l'animosité de l'odieux personnage qui les terrorisait tous à l'avance. Que d'humiliations subies et acceptées comme faisant partie du système ! Il fallait souffrir pour y arriver, pour relever de la future élite de la nation. Le mépris de classe était affiché.

Que de temps passé dans la salle d'étude, qui fermait à 20 heures ! C'était beaucoup trop tôt, personne ne fermant ses cahiers avant 11 heures du soir. La règle, c'était de travailler dix heures par jour. Pas moins. D'où sortait cette injonction ? Elle avait fait ses preuves, assez pour leur faire tenir scrupuleusement leur compte. Les jours où ils avaient cours au lycée, le calcul allait presque de soi, mais les jours sans cours, sans travail collectif, sans entraîneur personnel, il fallait une force énorme pour s'imposer à soi-même une telle charge quotidienne, et encore ne fallait-il pas prêter l'oreille aux sirènes – famille, copains de fac – qui vous berçaient d'un « Tu travailles trop, allez, viens te changer les idées ! ».

Certains parents exigeaient une participation aux travaux domestiques et une mine avenante pendant les repas partagés en famille. Mais eux, unanimement, ils ne rêvaient que d'une assiette avalée à la hâte sans quitter des yeux le livre posé non loin, de manière à rester concentrés sur les études, à l'abri des interférences du quotidien du foyer. Mettre la table, étendre le linge, sortir le chien, et puis quoi encore ! Sans compter que les moments offerts à la collectivité ne sont le plus souvent que des simulacres d'échanges aussi futiles que factices, inutiles, fallacieux, épuisants, vides en un mot : rien d'important ne s'y dit, aucun travail intellectuel n'y advient ; autant ils semblent joyeux et dynamiques, autant ils sont désespérants ! Il ne restait qu'une solution : rompre avec la cellule familiale. Le temps qu'on passait en état de veille étant entièrement consacré au travail d'étude et d'apprentissage, on n'avait plus un seul moment pour souffrir de la solitude, à l'écart dans sa chambre d'étudiant. Ce point n'était pas nouveau pour les familles bourgeoises auxquelles appartenaient la plupart des parents, passés eux aussi en leur temps par « leurs classes prépas ». Ils avaient installé leurs fils avant la rentrée des classes dans des chambres minuscules, certes, mais le plus proches possible du lycée, histoire de limiter le temps perdu en déplacements.

Le rythme infernal des classes prépas établit une alternance entre travail et sommeil. Vivre en famille revient à juxtaposer une vie familiale envahissante, parfois bruyante, d'une part, et, de l'autre, le monde de l'étude, placée sous le signe de l'isolement et du silence.

Ils n'ont pas de temps libre. Étudier, travailler devient une addiction, une conduite anesthésiante : trop de formules retenues, trop de types d'exercices à mémoriser, trop de tabac. On appelait à l'aide le *trop* intellectuel pour remplir le vide d'une telle sorte d'existence. On se noyait dans les études de peur de se suicider d'étudier tant. Le paradoxe absolu ! Ni

7. ILS

samedi ni dimanche, rien, pas de pause dans cette cadence imposée au temps qui devient répétition mortifère. Rien pour déranger ce réglage d'une précision d'horloge. Les sorties n'ont pas à être planifiées, on se les interdit pour consacrer tout son temps aux études. Pas de « folie » comme on en trouve dans les activités surprises – et pourquoi ne pas se payer une petite séance de cinéma ? ou une balade, tiens ? – décidées en une seconde, pas d'imprévu. Mais cette absence d'imprévu est à double face, l'une parfaitement rassurante, parce qu'elle structure, l'autre qui déprime !

Il fallait donc dire quelque part sa rage de sacrifier ses vingt ans ! Cette privation volontaire de tout plaisir était un supplice quotidien. Quelle force intérieure permettait de s'imposer de tels supplices ? Certains, qui vivaient en couple, avaient l'exutoire des rapports sexuels pour apaiser quelque peu la tension permanente dans laquelle les maintenait le dispositif de contrôle qui évaluait leurs apprentissages et leur capacité de résistance. Cette dernière qualité intéresserait leurs futurs employeurs, qui attacheront moins d'importance à leur classement dans tel ou tel domaine qu'à leur capacité de résistance au stress et à l'incertitude. La réussite au concours et la place obtenue à la sortie de l'école seraient très secondaires dans les critères de sélection des employeurs. Ce qui importerait, ce serait d'avoir tenu contre vents et marées en classes préparatoires et de s'être montré capable de supporter les exigences d'un système déshumanisant, rempli d'injonctions paradoxales : soyez les plus forts, ce qui nécessite beaucoup de travail, et souriez comme si c'était facile. On pense à la danseuse étoile dont on ne doit voir que le sourire et oublier ce que lui ont coûté les heures de répétitions.

On leur promettait un avenir brillant, ils y croyaient avec la foi du charbonnier sûr qu'il suffit de se comporter en bon chrétien pour gagner le droit d'aller au Paradis.

Ils ne se voyaient pas comme de petits soldats qu'on testait pendant deux à trois ans pour sélectionner ceux qui se hisseraient jusqu'aux états-majors, et ils ne mesuraient pas non plus à quel point ils donnaient leur jeunesse à la société. La structuration de ces filières par Napoléon était à l'évidence militaire. La différence résidait dans ce qui était requis pour sortir du rang : le brio supposé de ses facultés intellectuelles et l'aptitude à montrer le jour des concours quel singe savant on était devenu à force d'entraînement et de discipline spartiate. Leur échappaient totalement leur place dans l'édification du pays ainsi que l'intérêt collectif, ils n'avaient en vue que leur propre destinée, forcément appelée à être grandiose après de tels sacrifices. Chacun croyait dur comme fer qu'il ne travaillait que pour lui-même et s'accrochait à des rêves de plaisirs futurs, à l'instar de celui qui était quasiment dernier de la classe, au point de se résoudre certains soirs, de découragement, à tout lâcher, mais dont on mobilisait alors l'énergie d'un « Pense à ta future Lamborghini ! ».

Leur emploi du temps rappelait celui du grand sportif en période d'entraînement intense, avec coucher le plus souvent avant minuit et nuit d'au moins sept heures. Ils s'obligeaient à prendre un petit déjeuner et mettaient un point d'honneur à se présenter en classe à 8 heures tous les jours de la semaine. Ils finissaient à 17 heures, ce qui mettait la sortie de la salle de cours vers 18 ou 19 heures selon qu'ils avaient ou non une colle. Soit on allait *Chez Léa* pour attendre ceux qui avaient une colle jusqu'à 19 heures, soit on se retrouvait en salle d'étude pour boucler ou défricher le prochain devoir à rendre. Le temps de travail collectif était rare et inorganisé.

7. ILS

Le système entier valorisait l'effort solitaire, le « mérite ». Le héros serait celui qui aurait mené tout seul la tâche à bien, si possible en travaillant très peu, voire pas du tout – le génie... Combien se cachaient pour travailler et faire croire, à l'esbroufe et non sans succès auprès de leurs dupes, qu'eux n'avaient pas du tout préparé le futur devoir sur table, que tout était facile aux surdoués qu'ils étaient ! Les plus rusés, issus des classes populaires, où l'on sait que rien ne vaut l'entraide, avaient réussi à se procurer les sujets des années précédentes et se les transmettaient en cachette en s'abstenant d'en souffler mot aux fils de bonne famille. C'était la seule façon d'être plus fort que tous ces favorisés nés avec une cuillère d'argent dans la bouche, qui, en semaine, prenaient des cours particuliers le soir, se faisaient aider par les professeurs et s'entraînaient le week-end avec les répétiteurs qu'ils avaient. Mais, pour les enfants de pauvres, c'était un emploi du temps de galérien : non seulement il fallait ingurgiter, comme des canards qu'on gave, une quantité insensée de connaissances en un temps très restreint, mais on devait encore traiter les sujets donnés les années précédentes en espérant que le devoir en temps limité qui les attendait proposerait un exercice déjà rencontré, qu'ils pourraient ainsi résoudre beaucoup plus facilement et donc plus vite. Or gagner du temps en devoir sur table était indispensable pour aller le plus loin possible dans la résolution du problème. Celui qui réussissait à résoudre une question de plus que les autres arrivait en tête. L'esprit de compétition était bien ancré en chacun d'eux. Cela dit, la compétition était pipée, puisque la lutte consistait à faire tout seul ce que les enfants des riches faisaient avec des entraîneurs. Une partie d'entre eux étaient en quelque sorte dopés par le soutien logistique de leur famille. Personne n'en parlait, mais tout le monde le savait. Ils vivaient au cœur de la reproduction des élites. La lutte des classes se nichait dans l'illusion soigneusement entretenue du mérite solitaire, de la force personnelle.

Au bout de deux ans de ce rythme infernal, alors que les concours allaient avoir lieu sous peu, arriva le temps de la folie.

Ils cherchaient à se venger, à se livrer à quelque action d'éclat, qui avant toute chose dirait leur colère contre eux-mêmes pour avoir fait ce choix, poussés, pour certains, par leurs professeurs de lycée, qu'impressionnaient leurs capacités – ils ne voulaient soi-disant que leur bien ; en deuxième lieu, on avait dans le collimateur le système dans sa globalité, et comme troisième cible enfin, l'ensemble flou, mais réel, que formaient le lycée, les profs, les colleurs, la nourriture infâme de la cantine, les chaises inconfortables, vaincues sous ce rapport par les bancs des vieux amphis, et même ce professeur qui énonçait mot pour mot ce qu'il écrivait au tableau noir et qui, craie dans une main, chiffon dans l'autre, effaçait au fur et à mesure ce qu'il venait d'écrire. Il fallait prendre des notes à toute allure, lever à peine le nez pour regarder le tableau, vaine manœuvre d'ailleurs, dans la mesure où il n'y en avait plus trace. La colère reprenait pêle-mêle des critiques envers tout ce qui leur faisait mal, le mépris des premiers de la classe comme celui des élèves de la classe supérieure, la morgue des professeurs envers ceux les moins bien notés, les copies invalidées d'un grand trait rouge à l'exclusion de tout commentaire, ni explication qui aurait pu en faire progresser les auteurs, procédé perpétuant à sa façon la glorification du travail individuel. Ils poursuivaient l'apprentissage de la hiérarchie sociale commencé depuis la maternelle dans la souffrance et en un temps record.

7. ILS

Toutefois, ils voulaient cacher au monde entier leur responsabilité dans une action illégale organisée secrètement qui montrerait *urbi et orbi* leur calvaire. L'un deux, à l'évocation du mot calvaire, avait-il pensé aux quatorze stations du Christ ? L'idée de raconter une histoire en plusieurs tableaux avait alors paru évidente à tous. Le plus malingre de la bande fit remarquer que la nécessité de réaliser le projet la nuit, pour ne pas se faire attraper en plein jour, allait être difficile compte tenu de leur rythme de sommeil. Pour afficher sur les murs de Paris il y avait des précautions à prendre, que dire alors s'il s'agit de les taguer... Il faudrait un minutage très précis, en fonction des horaires des patrouilles de police, très fréquentes dans ce quartier. On devrait organiser des systèmes de vigiles aux coins des rues pour prévenir du passage de la police. Les dessinateurs auraient alors à se dépêcher de ranger leurs bombes de peinture dans leurs sacs à dos et de contrefaire l'allure de passants rentrant chez eux au beau milieu de la nuit, le pas pressé et les yeux baissés sur leurs chaussures. Il n'y avait plus qu'à espérer que ce ne serait pas deux fois la même patrouille, ils risqueraient alors d'être reconnus : deux fois les mêmes piétons rentrant chez eux d'un air pressé sur les mêmes vingt mètres de trottoir, voilà qui ne manquerait pas de paraître louche.

La surveillance serait assurée par des couples arrêtés au coin des rues pour s'embrasser au passage des patrouilles non sans avoir déjà prévenu les dessinateurs. Réaliser quatorze tableaux prendrait du temps. Il y aurait lieu de prévoir des vêtements chauds pour les sentinelles qui feraient le piquet au coin des rues. La préparation de l'histoire à raconter et les esquisses des tableaux se fit en observant le plus grand secret dans la chambre de l'un d'entre eux.

Certains futurs guetteurs ne savaient même pas quelle serait la teneur de la « bande dessinée ».

Le départ eut lieu, de la chambre du leader, à 1 heure du matin, et il avait fallu veiller jusque-là. Veille difficile, dès minuit tout le monde bâillait. Le café très fort bu avec beaucoup de sucre pour en cacher l'amertume n'avait réussi qu'à les rendre tremblants sous le coup de l'accélérateur cardiaque. Cela risquait d'entraîner des difficultés pour les bombeurs.

Les surveillants parvinrent sans encombre à prévenir les tagueurs lorsque passèrent les patrouilles de police, soit deux fois seulement en cinq heures. Cependant ils avaient mal calculé l'espace et le temps nécessaires pour peindre tous les tableaux. Pour être rentrés vers 6 heures, ils durent finir à la va-vite les derniers tableaux sur la double porte en bois du lycée et sur les murs de l'immeuble d'en face. L'épuisement ne leur permettait pas de goûter la fierté de la mission accomplie dans la réussite. Chacun rentra chez soi. Tous s'accordèrent pour venir au lycée à 8 heures, à l'horaire normal, comme si de rien n'était.

Ils revinrent donc en ordre dispersé, semblant sortir de leur lit comme tous les matins et c'est avec jubilation qu'ils se mêlèrent aux cris d'indignation des passants, des parents et des professeurs, qui vitupéraient contre ces scribouillards dépourvus de tout respect pour les bâtiments publics ! Ils découvraient le plaisir du secret partagé et de la complicité. Cependant ils éprouvèrent une certaine compassion envers le gardien du lycée, qui les connaissait tous par leur prénom et qu'ils appréciaient pour sa gentillesse, ses encouragements et sa bonne humeur, car celui-ci tentait en vain de lessiver la porte. La peinture à l'huile, même très fraîche, ne se dilue pas

7. ILS

dans l'eau de javel ! Les vigiles de la nuit furent déçus de ne pas avoir eu le temps de voir les bombages, personne n'ayant pensé à immortaliser l'œuvre avec un appareil photo. Non seulement ils n'avaient pas été au courant du projet, mais encore ils n'en avaient pas vu le résultat à la fin de la nuit ! Ils étaient pourtant aussi fatigués que les autres au petit matin. Pire, les services municipaux, prévenus très tôt par le proviseur du lycée, avaient déjà recouvert une bonne partie des œuvres avec de la peinture dont la couleur se confondait avec celle des pierres de l'édifice à l'heure de l'ouverture des portes du matin. Les sentinelles n'auraient jamais aucune preuve de cet exploit collectif.

Deux mois plus tard, la bande se dispersait, chacun ayant décroché l'école de son rêve. Et même « Lamborghini » avait réussi à intégrer Centrale Paris ! Le leader, graine d'anarchiste, reçu dans les premiers à l'École normale supérieure de la rue d'Ulm, se souvient-il seulement de ces épitaphes éphémères ?

La Déveine, rubrique des faits divers

Pilote de course hors pair, il se tue dans sa Lamborghini au croisement des boulevards St-Michel et St-Germain à Paris. Après une nuit blanche passée au *Caveau de la Huchette* à fumer et à danser sur des musiques de jazz, ce brillant centralien qui avait fait toutes ses études au lycée Saint-Louis a grillé le feu rouge et percuté le bus n° 27. Celui-ci ne transportait que très peu de passagers à cette heure matinale, et aucun blessé n'est à déplorer.

8. ILS (2)

Ils étudient tous les deux les mathématiques à l'université. Leur rencontre est étonnante *a priori* car leurs origines socioculturelles n'ont pas de points communs. L'intersection de leurs groupes d'appartenance, quels qu'ils soient, est vide. À part leurs petites tailles et leurs célibats, rien ne paraît les rassembler. Ils ne défendent pas les mêmes idées politiques et leurs histoires familiales ne présentent aucune similitude. L'un vient d'une banlieue cossue de Paris et vit maintenant au cœur de la capitale, tandis que l'autre, issu d'une famille modeste, vit dans un quartier populaire de Paname. Que partagent-ils qui a provoqué cet accrochage définitif entre eux ? Quelles folies privées ont-ils en commun pour s'être ainsi reconnus dès les premiers jours de la rentrée à l'université parmi la foule des autres étudiants ? Depuis, ils sont presque toujours ensemble et quand ils rentrent chacun chez soi, le téléphone leur permet de rester en lien quasiment non-stop, agrippés l'un à l'autre. Les étudiants qui les connaissent les appellent Cauchy-Schwartz. De même qu'on raconte que pour Bolzano-Weierstrass, le premier trouvait les théorèmes tandis que le second les démontrait, de même, cette appellation moqueuse souligne le parallèle fidèle de la réalité de ces deux inséparables. Ils ont la dent dure et ridiculisent sans ménagement les nuls qui ne leur arrivent pas à la cheville, car, en fins limiers ils posent en amphi des questions qui mettent en difficulté les professeurs et, avec entregent, ils répondent toujours les premiers à celles des chargés de TD. Cette stratégie odieuse vise à évincer et réduire au silence les prétendants à leur position en haut de la compétition. Ils ne laissent personne marcher sur leurs brisées mais condescendent à prodiguer quelques conseils aux filles. Parfois comme ils savent que cela ne leur enlèvera rien, ils leur donnent les réponses pendant les examens. Tricher est un sport pratiqué par tous les étudiants mais il vaut mieux tricher avec les bons. Ces chasseurs séduisent ainsi quelques biches.

Entre eux, ils constatent souvent qu'ils ne sont pas comme les autres. Originalité revendiquée, qui les rend fiers. Rodolphe, très brun, cheveux souples coupés en carré est un peu plus rond que Thierry à cheveux courts, coupés en brosse. Thierry, pour se faire remarquer, porte un bandana qui lui ceint le front. Il a toute une collection de foulards unicolores qu'il arrange comme une auréole de sainteté. La discordance de cette touche de probité avec la réalité de sa vie délicieuse dans ces années pilules sans sida où il prend souvent son pied le fait beaucoup rire sous cape. Rodolphe, qui lui aussi en déniaise plus d'une, cultive son originalité en portant à l'oreille gauche une boucle d'oreille fantaisie qui peut laisser croire qu'il est homosexuel ou marin et le laisse

8. ILS (2)

approcher sans les effaroucher des filles méfiantes. Malgré leurs airs prétentieux, ils ont du succès.

Rodolphe n'a pas besoin d'argent, Thierry est aux abois. Rodolphe est logé gratuitement par ses parents, Thierry paye un loyer aux siens, Rodolphe ne fait jamais de « petit » boulot. Thierry court plusieurs lièvres à la fois : la plonge dans des bouis-bouis, des livraisons sporadiques et des cours particuliers à donner. Il est à l'affût des petites annonces à la recherche d'emplois rémunérateurs pour compléter sa bourse. À l'occasion de ces recherches, une offre retient son attention. Un organisme spécialisé cherche un professeur de mathématiques pour dispenser des cours quatre heures par jour pendant les vacances de la Toussaint à des élèves de Terminale scientifique. Ce type de stage répond à la demande de parents angoissés qui espèrent ainsi favoriser la réussite au baccalauréat de leurs chérubins paresseux. Le stage se déroule au bord de la mer, si l'arrière-saison est belle, cela peut être extrêmement agréable. On pourrait nager en mer, histoire d'espérer obtenir des épaules de charpentier, on pédalerait sur des bicyclettes de location dans la pinède pour sentir autre chose que les odeurs de pots d'échappement parisiens, et puis on rencontrerait peut-être enfin parmi les autres animatrices du stage, une fille bienveillante à leur égard, voire leur princesse pour toujours.

Seulement voilà, il n'y a qu'un poste et ils sont deux.

De plus, la période de la Toussaint ne les arrange qu'à moitié car l'université ne leur donne pas 15 jours de vacances contrairement au ministère de l'Éducation Nationale qui octroie généreusement aux lycéens 15 jours de vacances toutes les sept semaines. L'université n'ouvre ses portes que début octobre, ce n'est pas pour lâcher ses étudiants début novembre ! Mais, têtes d'amphi l'année dernière, tout en sachant qu'ils vont le rester cette année puisqu'ils n'ont pas encore repéré d'étudiant susceptible de leur ravir cette position, ils considèrent qu'ils peuvent se dispenser d'une semaine de cours et de TD pour aller gagner trois francs six sous. Un peu plus d'ailleurs. En effet, c'est suffisamment bien payé pour se permettre de partager sans avoir l'impression de travailler pour des clopinettes.

Il reste à convaincre l'employeur que deux demis valent bien davantage qu'un tout seul.

Ils décident en en rigolant d'avance de tenter le coup d'être embauchés en duo. Ils iront tous les deux ou pas du tout. Ils préparent malicieusement l'entretien d'embauche et le transforment en une présentation enjouée et pleine d'entrain. Ils ont tellement ri en prenant les devants sur d'éventuelles questions pour mitonner des réponses brillantes ! Ils se présenteront ensemble tels des duettistes, un couple d'acteurs comiques. Pour donner le change, ils respectent scrupuleusement les codes de présentation d'un entretien d'embauche d'un cadre, codes expliqués par un copain qui étudie à l'École des mines (de Paris !). Ils assurent leurs arrières à l'aide de transparents – on ne parlait pas encore de *slides* – colorés, manipulés alternativement par l'un et l'autre dans une chorégraphie précise dont ils règlent le minutage. La touche artistique qui émaille le discours lui confère une esthétique en supplément de sa cohérence, sa consistance et sa pertinence. Il s'agit de montrer leurs compétences respectives, leur complémentarité, leur inséparabilité au bénéfice des apprentissages des élèves, ils se complètent. Rodolphe amène une rigueur et l'art du comique de répétition : les équations c'est

8. ILS (2)

comme les bonbons, si on en mange trop on a mal au cœur, mais il n'y a rien de meilleur que de manger un crocodile Haribo de chaque couleur avant de s'empiffrer de fraises Tagada. Thierry transmet son mode de pensée décalé qui permet de résoudre les problèmes de mathématiques en faisant la liste des outils à disposition, il parle d'heuristique, d'amener à la conscience des habiletés cognitives inconscientes, d'aider les élèves à repérer tout cela pour eux-mêmes. Rodolphe ensuite les fera répéter encore et encore.

Ils savent que c'est quitte ou double de se présenter en duo. Et quand ils voient se gondoler le responsable des embauches qui les reçoit accompagné par le responsable du stage, ils savent qu'ils ne rentreront pas bredouilles. Touché ! L'employeur, alors qu'il aura davantage de prestations sociales à payer, accepte de transformer un emploi à temps plein en deux emplois à mi-temps.

En novembre, ils se rendent sur les lieux du stage avec la voiture de Thierry. Ils partagent le plaisir de la conduite, ce sentiment d'être seul à décider, le plaisir de doubler d'autres voitures, se sentir plus rapide, plus fort, grand. Avec une voiture qui fonctionne bien, qui accélère effectivement quand on le lui demande, on gagnera la course. Le miroir aux alouettes d'être localement le premier les soulagent des humiliations passées où il a fallu endurer d'être second aux examens ou premier non admis parmi les admissibles ou refusé dans la filière d'étude dont on rêvait.

Plaisir de la vitesse, de la puissance dans le moteur, comme si on était dans un ventre maternel qui bouge au rythme des déplacements de son propriétaire. Le rythme du bercement, voilà ce qu'ils recherchent.

Le responsable du stage, trentenaire ventripotent, le cheveu se raréfiant, adore les contrepèteries ; eux, ils récitent par cœur les sketches de Pierre Desproges, surtout celui sur les petits cadeaux que les enfants construisent à l'école à l'occasion des fêtes des mères et pères *sous la tendre férule de leur maîtresse.* Ils éclatent de rire lorsque l'humoriste vilipende les pots de yaourts et autres colliers de nouilles qui encombrent ensuite les tiroirs des parents. L'occasion est trop belle pour le responsable de se demander alors ce que pourrait bien être un *nollier*. Ils laissent de concert divaguer leurs imaginations inventant tantôt une forêt de *nolliers* dont les fruits se récolteraient en toute saison, tantôt une sorte de charrette transportant des cargaisons de ces fruits. Tout le monde se tord de rire jusqu'à en pleurer. L'improvisation les entraîne tous les trois dans des histoires dont l'absurdité provoque encore et encore ce rire bienfaiteur.

Tous les matins, comme prévu, Rodolphe et Thierry se relayent pour transmettre à des adolescents indolents le plaisir que peut procurer la résolution d'un problème mathématique, celui de l'activité intellectuelle. Ils tentent d'aiguillonner leurs curiosités et le désir d'apprendre des méthodes pour apprendre. L'après-midi ils préparent les cours pour le lendemain pendant que les élèves pratiquent des activités de bord de mer : planche à voile, natation...

Ils exercent très sérieusement leurs tâches d'enseignement pour dissimuler la légère appréhension que leur vaut leur petite taille. Leur prestance intellectuelle compense leur apparence physique. En effet, bien qu'il soit plus flatteur d'enseigner les mathématiques que la planche à voile, ils sont en position d'infériorité par rapport aux sportifs pour séduire les filles, leur apparence est tellement loin des hommes imberbes au visage découpé, aux mâchoires proéminentes et

8. ILS (2)

aux muscles apparents qu'on voit dans les magazines féminins ! Quinze jours de stage ont suffi à leur sérieux et à leurs méthodes innovantes pour que tout le monde, élèves et autres animateurs, y compris le responsable, revoie de fond en comble sa conception du professeur de mathématiques. La considération due à la discipline d'enseignement s'est muée en un respect mâtiné d'admiration. Dans l'insouciance de leur jeunesse, ils vivent, sans mesurer le bonheur d'être adulé.

Pour marquer la fin du stage, une soirée dansante est organisée, réclamée par les élèves. Thierry et Rodolphe ont travaillé leur entrée dans la salle de gala. Lorsque la fête bat son plein, ensemble ils accèdent théâtralement à la salle, sans bandana ni boucle d'oreille, en ayant abandonné le leurre de leurs habits de prof. Le spectacle de leur arrivée déclenche des acclamations des élèves et crée une pointe de jalousie chez les autres animateurs. Et dans la musique et la lumière d'ambiance de boîte de nuit, dévoilant leur nature de fêtards, ils se mettent à danser avec toutes celles qui le souhaitent. Minuit passé déjà, on rentre demain matin très tôt pour assister aux cours à la fac, il faut songer à aller se coucher pour se reposer un peu avant de prendre la route, surtout qu'on a un peu bu tout de même.

Sur le petit sentier qui les ramène à leur chambre commune ils évoquent les mémorables soirées gamelles qu'ils mettent régulièrement en place lorsqu'ils sont à Paris. Elles sont réputées et les invités s'y pressent. Il faut dire qu'ils sont experts en ordonnancement de soirées. Tout y est, l'alcool, la musique, la nourriture, les cigarettes. Quand ils préparent, ils baignent dans l'euphorie. Il faut les voir qui descendent du bus, les cabas pleins de victuailles leur donnant des allures de bêtes de somme portant deux outres énormes sur les flancs, et qui se tortillent pour ne pas pisser de rire après avoir entrevu une personne dans le bus qui avait stimulé leur sale manie de se railler des autres tout le temps et partout. Toute compassion pour cette fugace silhouette dont la robe, ou la coiffure, ou l'expression déclenchait leur hilarité n'était pas exclue, et ils prenaient bien soin de ne pas dire à voix haute la source de leur gaieté.

Sur le chemin qui les ramène à leurs chambres de professeurs éphémères, il leur revient en mémoire la fin d'une de ces soirées au cours de laquelle Rodolphe quasi ivre mort décide de rentrer chez ses parents en banlieue. Il ne peut pas regagner son domicile parisien parce qu'il a prêté son appartement à un copain pour la fin de semaine. Mais Thierry, qui lui fait la pige en termes d'alcoolisation, juge la situation dangereuse. Il n'arrive pas à convaincre Rodolphe de rester dormir et, comme il ne veut pas le laisser rentrer chez lui tout seul, il décide, tout en étant bien conscient du danger, de le raccompagner. Par les vitres baissées à fond, l'air frais de la nuit allégera notre ivresse, se rassure-t-il... Rodolphe donne ses clés à Thierry, et voilà nos deux compères avinés essayant d'ouvrir une voiture récalcitrante, Rodolphe, dans son état d'ébriété avancé ayant pris pour la sienne une autre voiture.

Ils finissent par trouver la bonne, et Thierry s'assoit au volant après avoir installé Rodolphe sur le siège du passager. Avant de démarrer, Thierry, qui n'en mène pas large, demande à Rodolphe :

– Bon alors, c'est où, chez tes parents ? Où t'habites ?

– Chuuuuut, je peux pas le dire. On s'est bien marré ce soir hein ? répond l'autre hébété.

– Comment ça, tu peux pas le dire ? s'étonne le chauffeur. Je sais que c'est à Rueil-Malmaison, mais Rueil-Malmaison c'est grand, tu me diras l'adresse exacte quand on y sera.

8. ILS (2)

Et pour la seconde fois Rodolphe dans une mimique qui exprime qu'il y a un secret à garder :

– Chuuuuut, je peux pas le dire. Qu'est-ce qu'on s'est marré ce soir !

En silence, le vent lui fouettant le visage, Thierry, serrant le volant de toutes ses forces pour lutter contre l'ivresse, conduit dans la nuit son ami encore plus alcoolisé que lui. On arrive à Rueil.

– Alors, t'habites où ? demande Thierry.

Émergeant de son état semi-comateux Rodolphe arrive encore à articuler dans un petit éclat de rire en mettant son index devant ses lèvres closes :

– Chuuuut, je peux pas le dire !

– Bon, ben alors j'te ramène dormir chez moi, lance Thierry, qui commence à s'énerver.

– Non, non je veux pas dormir chez toi, rétorque Rodolphe, buté. Je dois rentrer à Rueil, il y a l'alarme, elle va se mettre en route si je la débranche pas avant 5 heures du mat'... ça prévient automatiquement les flics et c'est la merde après...

– Bon, O.K., concède Thierry, mais dis-moi l'adresse, on y est, là, à Rueil, je viens de passer le panneau d'entrée dans la ville.

Mais, avec l'entêtement de ceux qui ont trop sacrifié à la dive bouteille, Rodolphe répète :

– Je peux pas le dire

– Rodolphe, t'es bourré, réplique Thierry qui s'efforce d'abord de le raisonner. Tu as perdu tout sens de la logique, tu veux rentrer chez tes parents, mais tu veux pas dire où t'habites – puis haussant le ton : On va tourner en rond, là !

– Ouh la la ! ne crie pas, gémit Rodolphe, j'ai mal à la tête et je commence à avoir mal au cœur. Et puis je peux pas le dire.

– Descends ta vitre, et dis-moi ou t'habites !

Rodolphe poursuit, obstiné :

– Je peux pas le dire !

Thierry, dont l'esprit de négociation garde une lueur d'espoir, réussit encore à poser une question :

– Alors, qu'est-ce que tu peux pas dire ?

– Ben, je peux pas dire ce que je peux pas dire ! rétorque l'autre, qui éclate de rire.

– Rodolphe ! s'exclame Thierry, on va pas parler de Gödel maintenant ! Allez, je suis fatigué moi aussi, et je comprends pas pourquoi tu peux pas dire où t'habites.

Rodolphe connaît un éclair de dégrisement :

– Si je dis où j'habite en vrai, on saura que j'habite pas chez mes parents, et ils vont payer davantage d'impôts parce qu'on a dit que j'habitais chez eux. Donc je peux pas dire où j'habite !

– O.K., alors, quelle est l'adresse de tes parents chez qui tu habites tout en n'habitant pas ? Rodolphe, il est 4 heures et demie, faut se grouiller un peu, là, si tu veux débrancher l'alarme avant 5 heures !

– Bon, d'accord, je te le dis à toi parce que t'es un vrai copain, mais tu ne le répéteras pas hein ? Parce qu'on peut pas le dire.

À l'évocation de cette aventure qui s'est achevée dans la crainte d'entendre sonner l'alarme en réponse à un code qu'on ne pouvait composer comme il faut, une tâche dont Rodolphe semblait totalement incapable de s'acquitter, les deux s'esclaffent lorsque Thierry mime Rodolphe finissant, miracle, par y arriver. Que de bons souvenirs partagés !

Ils arrivent presque aux chambres lorsque le responsable arrive en courant. Thierry est demandé au téléphone. À cette heure ?

Il faut rentrer tout de suite et vite ! Pas le temps de dormir ! Les bagages fermés à la va-vite sont jetés en vrac dans le coffre de la voiture. Rodolphe et Thierry filent dans la nuit. Hagards et dégrisés par la nouvelle, ils conduisent à tour de

8. ILS (2)

rôle. Temporalité étrange sur cette route immense et grise quasi vide à 1 heure du matin, que matérialise le défilement à toute allure des pointillés blancs latéraux et des bandes séparant les voies de circulation. Rodolphe a mis ses lunettes de soleil pour éviter d'être ébloui par les phares des voitures qu'il croise. Thierry se concentre pour conduire le plus rapidement possible et ne penser à rien d'autre qu'à aller vite, le plus vite possible, la pédale de l'accélérateur au plancher, tant pis si le moteur chauffe, il faut arriver avant que cela ne soit fermé. Thierry ne craint pas de rencontrer des gendarmes qui le verbaliseraient pour excès de vitesse. À cette heure ils dorment comme tout le monde. Et dans le pire des cas, qu'est-ce qu'une amende à côté de ce qui n'attendra pas son arrivée ?

Au petit matin, à Paris, Thierry épuisé arrive juste à temps pour voir Mamie dans son cercueil, une dernière fois, avant la levée du corps.

Schlimm mazl, rubrique des faits divers

Pourtant bien partie pour être centenaire, Mme Jacob, à 94 ans, fait une chute mortelle dans ses escaliers. Cette survivante d'Auschwitz, connue de la population du quartier manque déjà aux commerçants :

– Elle venait manger très souvent avec son petit-fils étudiant en mathématiques, témoigne le patron de la brasserie du coin de la rue Lourmel. Après tout ce qu'elle a vécu, mourir bêtement comme ça !

PRONOMS PERSONNELS

En vacances en province, le petit-fils arrivé très tôt ce matin, après avoir roulé toute la nuit à tombeau ouvert, a pu être présent à la levée du corps.

9. ELLES

Elles commencèrent leur tournée des hammams par un établissement luxueux et très cher. Cette ville marocaine de bord de mer comptait de nombreux hôtels très bien cotés dans le guide touristique qui recense les palaces, et elles en choisirent un qui accordait aux visiteurs, ceux qui autrement dit ne faisaient pas partie de la clientèle, le privilège, moyennant une somme coquette, de profiter de certains équipements proposés. Un instant elles partageraient l'univers feutré des nantis où tout a été pensé pour leur bien-être. Il avait fallu prendre rendez-vous, et elles n'avaient pas eu le choix de l'horaire. À l'heure dite, elles se présentèrent devant un comptoir où une hôtesse tirée à quatre épingles les accueillit en français, leur fit régler à l'avance la prestation et leur enjoignit d'aller se déshabiller entièrement dans une des cabines individuelles prévues à cet effet et d'en ressortir dans le peignoir blanc immaculé que l'hôtel mettait à leur disposition, comme la grande serviette et la paire de sandales en plastique blanc qui l'accompagnaient.

Quand ces dames sont en tenue, l'hôtesse les accompagne jusqu'à une salle carrelée entourée de bancs en pierre larges comme des lits. L'ambiance se veut apaisante, l'espace est conçu pour un retour sur soi que favorise la propreté du corps.

– Vous accrochez vos peignoirs ici, explique-t-elle, puis vous irez vous mouiller intégralement avec l'eau chaude de la fontaine qui se trouve dans la pièce suivante. Là, vous attendrez Fatiha qui va venir s'occuper de vous.

Simple et luxueuse, la pièce aux murs lisses enduits d'un *tadelakt*[1] jaune clair sans décoration abrite en son centre une fontaine au jet intermittent. Le long de tous les murs sont disposés de larges bancs en pierre, probablement du marbre reconstitué en provenance d'Israël, dont la taille montre qu'ils sont prévus pour qu'on puisse s'y allonger et se détendre. La cuvelle qui recueille l'eau est rehaussée d'une statue contemporaine réalisée dans une pierre au doux ton beige. Il faut actionner un mitigeur pour que l'eau s'écoule et sorte à la température qu'on souhaite. Ce qui fait le raffinement de la chose, c'est cette alliance entre la pierre quasi brute et l'extrême modernité du robinet.

Elles déposent leurs peignoirs et ne savent pas trop quelle attitude prendre, hésitant sur ce qu'elles devaient faire de leurs bras, les garder ballants le long du corps ou les croiser sur la poitrine, tant elles sont gênées de partager leur nudité totale – c'est la première fois. Elles se mouillent de la tête aux pieds et osent à peine profiter de la chaleur bienfaisante de l'eau avant de se recroqueviller sur un banc, les bras tenant leurs jambes repliées, talons aux fesses. Impressionnées par

---

1   Enduit traditionnel marocain.

9. ELLES

l'éclat et la sérénité du lieu, elles se sentent misérables et ressemblent à deux petits chatons transis sous la pluie, inquiets de ne pas savoir ce qui va leur arriver.

Débarque alors une grande femme grisonnante, à cheveux courts, en maillot de bain, pleine d'énergie, qui se dévêt comme si de rien n'était et se plante fermement devant la fontaine. Elle se comporte en habituée et donne l'impression d'être chez elle. Elle règle la température de l'eau et s'asperge sans pudeur les épaules, les aisselles, l'entre-jambe.

Nos deux néophytes sont médusées par le spectacle, au point que l'une éprouve le besoin de bafouiller une explication :

– Excusez-nous de vous dévisager de la sorte : c'est que nous ne sommes jamais allées dans un hammam et nous sommes ignorantes des conduites à tenir.

Sur un ton affable de femme du monde, la quinquagénaire très à l'aise en tenue d'Ève, déroule à toute allure les grandes lignes du programme :

– D'abord le bain de vapeur, là où vous êtes, consiste à se mouiller d'eau chaude : si vous avez des problèmes cardiaques, n'y restez pas trop. Ensuite, le savon noir pour faciliter le gommage. Laissez Fatiha s'occuper de vous, elle a des mains expertes et saura bien gommer toutes les peaux mortes avant de faire un savonnage. En dernier lieu, la douche.

Puis elle leur tourne le dos et va s'allonger à plat ventre sur un banc en pierre dans la pièce attenante à celle de la fontaine d'eau chaude ; ses fesses blanches contrastent avec le reste de la peau bronzée. De là, elle convoque d'une voix ferme ladite Fatiha.

Cette dernière, menue, les cheveux qu'on devine très longs à la taille du chignon sur le haut du crâne, vêtue d'un petit marcel noir et d'un pagne assorti, chaussée de sandales en plastiques, s'approche avec déférence.

– Oui, madame.

– Dépêche-toi, j'ai mille choses à faire ! ordonne madame, tendue.

Fatiha passe le savon noir puis gomme la peau de cette femme qui en impose. On a bien envie que ce soit la patronne de l'hôtel.

– Frotte bien le dos ! Sois délicate sur le visage ! rappelle-t-elle d'un ton péremptoire.

Elle se lève, tandis que Fatiha la rince avec une douchette pour éliminer les peaux mortes parties avec le gommage. Puis la patronne se rallonge, et chacune espère qu'elle va enfin se délasser.

– Prends le gel douche à la fleur d'oranger ! commande-t-elle sans ambages.

Fatiha s'exécute, serveuse servile, elle sait ce qu'elle a à faire. Le savonnage est aussi un massage. L'ordre est immuable : on s'allonge d'abord sur le dos et on commence par savonner les pieds, puis on remonte jusqu'à la pointe du crâne en passant par les jambes, les cuisses, le ventre, la poitrine, les épaules, le cou et le visage. Ensuite, on s'allonge sur un côté et on s'enduit de bas en haut en passant par l'entre-cuisse et les aisselles dégagées par la masseuse qui maintient en l'air un bras soulevé, et l'on recommence de l'autre côté. Enfin, la personne allongée sur le ventre se voit appliquer le savon sur la plante des pieds, avant que viennent le tour des mollets, puis celui de l'arrière des cuisses, des fesses, du bas du dos, du dos proprement dit, des épaules et que le soin s'achève sur l'arrière du crâne. Fatiha travaille en silence. Le pas de deux dansé par ces deux femmes est parfaitement synchronisé. On voit bien qu'il a été maintes fois répété. Madame sait quand elle doit se retourner, Fatiha n'a pas besoin de lui indiquer par une légère pichenette sur le corps qu'il est temps de changer de position. Elles sont accordées.

9. ELLES

Quasi camouflée par la mousse du gel douche qui embaume toute la pièce, la patronne se dirige vers la cabine de douche.

Fatiha se tourne alors vers les deux touristes et d'un geste gracieux de la main invite la première à gagner le banc et à s'y allonger.

À tour de rôle elles subissent avec plus ou moins de plaisir gommage, rinçage et savonnage avant de se diriger à leur tour vers la douche et de se livrer elles-mêmes au shampooing et à la toilette intime par lesquels s'achève la séance.

Elles étaient là pour « rencontrer la culture », comme disent souvent les globe-trotters, comme si c'était possible en quelques jours. Le hammam désert de ce palais était trop conforme à ce que ces grandes voyageuses avaient plusieurs fois déjà expérimenté dans d'autres hôtels haut de gamme ailleurs dans le monde. Tout bien réfléchi, ce premier essai avait été loin de satisfaire leur souhait d'essayer le hammam. La promesse de sérénité du lieu avait plutôt ressemblé à une épreuve de solitude partagée entre elles seules. La paix mortelle !

Elles cherchèrent alors un bain meilleur marché et dénichèrent dans un guide touristique pour voyageurs modestes une adresse au centre-ville.

– Il n'est pas nécessaire de prendre rendez-vous, leur dit-on au téléphone, mais je vous conseille de venir plutôt le matin, l'affluence est moins importante, évitez jeudi après-midi et vendredi matin.

Situé de l'autre côté du grand souk par rapport à leur lieu d'hébergement, elles décident d'y aller un matin en taxi et de revenir à pied en traversant la médina.

Dans cet établissement de milieu de gamme, tout est possible : louer un peignoir ou pas, acheter ou pas du savon noir sur place et choisir le parfum du produit de lavage. Quant au gant de gommage, on peut vous en louer un aussi, si vous voulez. Si ces dames désirent un massage, elles n'ont qu'à choisir l'huile d'argan ou d'amande moyennant quelques dirhams de plus. Pour le gommage, sont proposés celui où l'on utilise un produit à base de marc de café, à côté du traditionnel, au savon noir. Les sandales sont fournies gratuitement aux personnes qui n'en ont pas.

Seul le shampoing est à leur charge. Mais il faut choisir avant et tout payer d'avance. Une fois dans la place, il ne sera plus possible de changer d'avis et de prendre finalement du *ghassoul* s'il n'a pas été réglé d'avance. Pas d'improvisation en direct, il faut savoir ce que l'on veut ! Elles imaginent que ces précautions sont dictées par l'hygiène et évitent aux hôtesses de manipuler les billets de banque.

Elles vont se déshabiller chacune dans une cabine individuelle fermée par un rideau où les attendent les sandales.

Lorsqu'elles sont prêtes, l'hôtesse qui se tient à l'accueil leur confie des jetons qui justifient des produits et services achetés, puis range leurs affaires dans un casier qu'elle ferme à clé avant de leur en confier la clé.

Ici on garde un bas de maillot de bain ou une culotte en coton.

La présence de ce sous-vêtement introduit dans le déroulé du massage une manipulation, qui, pour ne pas être érotique, est menée avec fermeté par les professionnelles. Lors du passage sur le ventre, la femme qui effectue le gommage, puis le savonnage, attrape le tissu de part et d'autre des fesses et le rassemble dans le sillon inter-fessier pour dégager les chairs à gommer sur les côtés. Puis elle baisse le slip et passe le gant de gommage entre les deux fesses. Le geste est précis et ferme, dénué de toute sensualité, on est là pour être propre, pas pour se faire tripoter. Même brusquerie lorsque l'on arrive à l'entre-jambe et même jeu avec le cache-sexe. Il s'agit de respecter la pudeur. Le hammam n'est pas un lieu de délectation mais de purification des corps.

9. ELLES

À la fin, postées devant de grandes cuvettes en inox que l'on remplit d'une eau à la température que chacune choisit et règle, les femmes se déshabillent complètement afin de laver leur intimité et d'entretenir leur mont de Vénus imberbe. Les aisselles, les jambes, le pubis, tout est rasé. Ici pas de mode : toutes les femmes doivent être épilées intégralement, c'est une question d'hygiène ! Comme sur les tableaux anciens, conformément à ce qui se fait depuis l'Antiquité. C'est à cela qu'on repère immédiatement les touristes, qui comme elles, sont venues sans connaître les usages locaux. Qui en ticket de métro, qui en brésilien, qui en broussaille, toutes ont leur pubienne, nulle n'a d'épilation complète. Les femmes qui font les gommages, les savonnages et les massages les reconnaissent à ce détail et s'adressent à elles directement en français ou en anglais, alors qu'elles échangent en arabe avec les autochtones.

Au milieu d'autres touristes, nombreuses malgré l'heure matinale, elles ne sauront pas le prénom de la femme qui s'occupe d'elles. Les relations avec les soigneuses sont strictement professionnelles. Chacune des employées, vêtues comme l'était Fatiha, d'un marcel et d'un pagne mais de couleur rouge, connaît sa tâche spécifique. Le massage à l'huile s'est finalement révélé superflu après le gommage et surtout le savonnage. Et puis il faut de nouveau se doucher pour se débarrasser de tout ce gras dont elles ont été enduites généreusement.

Ici, la salle pour se rhabiller est commune, elle offre la possibilité d'une détente reposante avec ses chaises longues en osier. L'étuve, l'humidité et les massages fatiguent. Les Marocaines qui se sèchent et se rhabillent dans celle salle sont pudiques « d'en bas ». On cache son sexe, comme avec le slip qu'on garde dans le hammam en s'asseyant sur sa serviette repliée de telle sorte qu'elle dissimule l'intimité. Cependant le haut du corps peut se découvrir sans s'exhiber. On distingue les Marocaines des Allemandes qui, elles, se promènent toutes nues, naturellement et sans provocation, comme c'est l'usage dans les piscines chez elles.

En observant, de leur banc de savonnage, les Marocaines rhabillées après leur parcours de soins, nos deux amies ont pu remarquer qu'elles redescendaient gratifier de quelques pièces la femme qui s'était occupé d'elles, mais de quel montant était ce pourboire, voilà ce qu'elles n'auraient su dire, n'ayant même pas imaginé qu'elles auraient encore à payer quelque chose, tant on les avait sommées de tout régler d'avance. L'hypothèse d'une explication purement hygiénique s'effritait d'elle-même. Discrètement, elles font leur enquête auprès d'une habituée et se délestent de 10 dirhams supplémentaires en redescendant bravement dans l'étuve après s'être rhabillées pour les donner en main propre à leur soigneuse attitrée.

Bien plus satisfaites par cette expérience que par la précédente en contrée mirifique, elles décident d'essayer un hammam populaire au cœur du souk, ayant encore dans l'idée de mieux se rapprocher des habitudes locales grâce à cette nouvelle aventure.

Après discussion avec Samia, la femme du vendeur de légumes, elles finissent par dénicher au bout de la rue, non sans mal, l'endroit qu'elle leur a dit, dont la devanture discrète indique en arabe une entrée des femmes différente de celle des hommes et, malgré le repère qu'on leur a donné : en face de l'échoppe du cordonnier, elles ne trouvaient pas l'entrée. Elles ont fini par suivre une femme munie d'un panier d'où dépassaient le gant de gommage et une serviette, et osé franchir une entrée où se tient une femme derrière un grillage qui leur demande quelque chose en arabe. Elles

9. ELLES

avancent un billet, d'un geste la femme indique qu'il faut donner davantage, elles s'exécutent : la porte s'ouvre. Elles se retrouvent dans une salle ronde, qu'équipent au milieu un banc circulaire et, sur les côtés, des bancs. Les femmes s'habillent et se déshabillent dans cet espace. Derrière un comptoir, il y en a une autre, qui récupère les affaires et les met dans un casier sans porte, ouvert. Pas de prêt ni de location de peignoir. Chacune a apporté le nécessaire. Prévenues par Samia, elles ont avec elle gant de gommage, savon noir, sandales en plastique, gel douche et shampoing. Elles ont aussi prévu deux serviettes par personne. Par imitation, elles se nouent une grande serviette autour de la taille en laissant dénudé le haut du corps.

– Tu demandes quelqu'un pour le gommage et le savonnage, avait expliqué Samia, et, si c'est bien fait, à la fin tu donnes 50 dirhams. Tu donnes davantage si tu es très contente.

Comment faire comprendre qu'elles veulent une personne pour les soins ? Elles ne parlent pas un mot d'arabe et aucune femme ne semble parler français. La femme de l'entrée avait été accueillante, celle du vestiaire aussi. Une pantomime amusée fait comprendre qu'elles veulent un gommage et un savonnage. Une grande brune tout en longueur, finit par les tirer d'affaire et traduit leur commande. Elles n'ont pas entendu la légère hésitation de la traductrice. Après quelques discussions, on leur dégotte une vieille femme qui se déshabille et noue une serviette autour de sa taille. Histoire de faire connaissance, elles se présentent par leur prénom en pointant l'index vers elles et questionne la femme âgée en retournant l'index vers elle. Aïcha. Malgré cette tentative d'entrer en relation avec cette femme qui ne parle pas français, elles sentent une certaine réprobation de sa part lorsqu'elle les tire par les poignets pour les entraîner jusqu'à la dernière salle du hammam. On l'atteint après avoir traversé une première salle remplie de femmes toutes nues juchées sur des tabourets en plastique près de leurs enfants assis par terre, à même le sol carrelé. C'est une sortie pour eux. Les murs en *tadelakt* se hérissent de robinets. Les femmes bavardent, les enfants jouent tranquillement. C'est comme le jardin d'Éden, à ceci près qu'on est à l'intérieur, ici, d'un hammam. Quand elles déambulent, leur traversée déclenche des regards interrogateurs. Impossible de ne pas comprendre que ces voyageuses se sont fourvoyées. Elles commencent à se sentir mal à l'aise et mesurent toute l'incongruité de leur démarche. Mais elles sont curieuses.

Dans la salle suivante il n'y a pas d'enfants. Que des femmes, pas de jeune fille. Elles sont toutes entièrement nues et nos deux aventurières se sentent encore plus décalées avec leur maillot de bain sous la serviette. L'arrivée dans cette dernière salle sous les regards inquisiteurs d'un groupe d'anciennes, entre hostiles et curieuses, installé sur un plateau surélevé, amplifie leur sentiment d'être des intruses. Impossible de faire marche-arrière. Après avoir accrochés leurs serviettes aux crochets fixés aux murs, elles s'aspergent avec l'eau à bonne température qu'Aïcha a préparée dans une grande bassine puis s'allongent sur la dalle rincée à l'eau chaude pour se soumettre à ses mains puissantes. On leur a octroyé la matrone ! Est-ce parce que c'est la plus âgée qu'on lui accorde le privilège de travailler avec ces indésirables, certes, mais qui dépenseront probablement bien plus que des locales ? En tout cas on sent la cheffe ! Avec violence, Aïcha termine le savonnage de l'une et de l'autre en tirant d'un geste rageur sur le slip, ordonnant de l'enlever. Elles s'exécutent, honteuses. Le dévoilement des pubis est la preuve qu'elles ne sont pas de leur monde, ce que tout le monde savait déjà. L'existence de ces poils sont le signe qu'elles ne peuvent pas appartenir à leur communauté de

9. ELLES

femmes. Le prix à payer pour en être était au moins l'épilation de cette partie du corps. Cette humiliation déclenche les applaudissements de la grappe des anciennes là-haut qui ont observé toute la scène. À un moment elles se sont mises à chanter, peut-être pour les épater, pour leur donner un aperçu du folklore local, mais elles y ont entendu aussi le plaisir de faire un chœur et l'exaltation de la communauté de femmes. Ici les femmes parlent, se parlent, chantent. C'est un lieu de liberté qu'elles peuvent occuper plusieurs heures durant.

Nos deux indiscrètes, tout à leur plaisir de pouvoir raconter qu'elles y étaient allées, elles, dans un hammam populaire, n'avaient pas mesuré la provocation que cela pouvait représenter de venir témoigner combien elles, des Européennes, étaient insoumises et libres dans leur corps au point qu'elles ne s'épilaient même pas ! Cela ne pouvait qu'exacerber le sentiment d'impuissance des femmes soumises aux lois patriarcales, qui venait chercher un peu de liberté entre elles au hammam, à l'abri du jugement des maris, belles-mères et fils. Et comme l'apprentissage de la soumission à la domination patriarcale est délivré par les grands-mères et les belles-mères, la plus ancienne soigneuse de l'établissement, la plus traditionaliste leur avait donné une leçon ! Ici on est nue pour que tout un chacun puisse contrôler que chacune respecte la morale, quitte à utiliser la violence. La femme qui ne se plie pas aux lois ne pourra que ressortir honteuse et blessée et finira ostracisée.

Le rituel du pourboire à la sortie donne lieu à une sorte de dispute. Aïcha n'est pas contente, elle s'exprime avec fougue en arabe à la caissière à grands coups de menton les désignant en pointant un doigt accusateur, il semblerait qu'elle trouve la somme insuffisante. Pourtant elles ont donné 50 dirhams comme l'avait préconisé Samia. Mais Aïcha veut davantage. Pas question ! Elle les avait trop malmenées à leur ôter le slip de force pour les humilier. Elles sortent lasses et agacées.

Après cette épreuve, peu agréable physiquement, elles décident de dissiper leur malaise en faisant à pied le trajet qu'elles avaient prévu pour rentrer.

Elles doivent traverser la médina tout entière pour réintégrer leur pension. Il est 11 heures, il fait encore frais, et elles plaignent les Français qui subissent une vague caniculaire pendant qu'elles parcourent les ruelles ombragées d'une médina bien vivante. Dans cette partie de la médina la vie grouille d'activités purement locales, car elle n'est pas envahie par les vacanciers étrangers que les urbanistes ont habilement cantonnés de l'autre côté, vers la grande avenue.

Pour se requinquer elles achètent une brioche toute chaude à un dirham et s'assoient à la terrasse d'un estaminet pour prendre un café. Autant dire qu'elles créent un petit scandale. Deux rangées de tables s'alignent là, avec au premier rang quelques hommes, chacun ayant un café ou un café au lait posé sur le guéridon devant lui.

Elles s'installent au deuxième rang, pour profiter de l'air frais et parce que, à l'intérieur, la télé grand écran diffuse des images d'informations commentées en arabe, qu'elles ne comprennent pas. Elles ne sont pas plus tôt assises que l'homme derrière lequel elles ont pris place se lève en vociférant dans cette langue qui est pour elles une langue étrangère, et, les yeux exorbités, les montre au serveur. Celui-ci tente plusieurs *Machi mouchkine*[2], mais en vain. La colère s'amplifie, un passant s'en mêle, un autre consommateur

---

2 « Ce n'est pas grave », en arabe dialectal du Maroc.

9. ELLES

aussi, va-t-on vers l'émeute ? Ils essayent de le calmer, mais l'homme s'agite de plus en plus, il se fâche, on le sent au bord de l'explosion de violence physique. Un autre serveur le prend par le bras doucement et déplace son café et sa bouteille d'eau sur une table un peu plus loin, mais l'homme ne veut pas s'asseoir là-bas. Le serveur prend le sac à dos posé à terre au pied de la table ronde et le pose sur la chaise de ce nouvel emplacement. Mais le Marocain ne se calme pas, il crie toujours, tout en jetant aux deux femmes des coups d'œil de panique. Comme si leur présence avait provoqué en lui un effroi qui le terrorise tellement que rien ne semble pouvoir l'apaiser.

Les échanges entre l'homme et le serveur sont incompréhensibles aux deux amies, mais le non-verbal semble assez transparent : cet homme ne peut pas supporter qu'une femme, à plus forte raison deux, s'incrustent dans son espace. À l'évidence, c'est un espace qu'il tient à n'en pas douter pour réservé à l'usage exclusif de la gent masculine. On sait bien que les fous révèlent les normes sociales, ce monsieur explicitait seulement la norme selon laquelle les femmes ne s'installent pas aux terrasses des cafés pour boire un café et déguster une brioche !

Décidément, les féministes ont encore beaucoup de travail. Tout en étant désolées de voir la souffrance que leur petit plaisir avait provoqué, nos vieilles féministes, avant même la leçon du dernier hammam, avaient pris de grandes précautions pour ne pas se montrer provocatrices dans ce pays. Elles avaient adopté une attitude discrète, leurs vêtements n'étaient pas extravagants et elles ne jetaient alentour aucun regard scrutateur. Elles marchaient la plupart du temps les yeux baissés pour croiser le moins de regards possible, ne jouant ni les touristes naïves, à égrener les petites différences qui distinguent la vie sur place et ailleurs, ni les blasées, intégrées depuis le temps qu'elles ont rejoint ce pays, d'où on finit par les croire originaires. Elles se veulent juste elles-mêmes, comme elles sont, respectueuses et discrètes, mais qui existent. C'est d'ailleurs leur seul mérite : elles ont le mérite d'exister ! Ce n'est pas si facile !

Malgré le scandale, elles y sont, elles y restent ! Après l'humiliation du hammam, elles ont une petite revanche à prendre sur cette société qui prétend leur imposer sa loi. Sans bouger de leur chaise, elles attendent que le serveur enregistre leur commande. Puis elles prennent leur temps, sans exagérer, celui qu'il faut pour finir cafés et brioches, ainsi que pour venir à bout de la moitié de la petite bouteille d'eau que le serveur est allé acheter à la boutique d'en face. L'homme choqué, encore très agité, prend enfin toutes ses affaires et part en laissant son café à moitié bu. Est-ce une petite victoire pour elles ? Elles feraient céder et reculer les hommes mais se feraient maltraiter par les femmes ?

Après avoir payé, elles poursuivent la traversée de la médina, au milieu des boutiques de souvenirs pour touristes mélangées aux boutiques d'épices aux délicieuses fragrances, les baraques de sacs en cuirs et celles de sous-vêtements pour femme à la mode musulmane. Elles passent avec ravissement devant les magasins de djellabas de toutes sortes, des longues et des courtes, avec ou sans capuche, pour les hommes, pour les femmes, en tissu riche comme le bazin ou le velours, en cotonnades légères, avec ou sans motifs imprimés, à rayures, plus ou moins colorées, sombres ou blanches, des caftans à cols en V, fendus, des gandouras. Après avoir été pétries, gommées, savonnées, rincées, massées, elles goûtent le plaisir du toucher en tâtant les étoffes pour deviner leur composition les yeux fermés.

9. ELLES

La Shkoumoune, rubrique des faits divers

Un homme, échappé de l'asile des Frères Mus, met fin à ses jours en pleine médina en utilisant sa djellaba pour se pendre. Dans l'après-midi même de son décès, il avait provoqué un petit scandale à la terrasse d'un café, visiblement à cause de deux touristes installées à une table voisine devant un café.

– Je n'ai pas réussi à le calmer, témoigne le patron du bar. Il voulait que je les chasse, mais elles avaient déjà réglé leurs consommations.

TABLE

1. JE 7
2. TU 17
3. IL 31
4. ELLE 43
5. NOUS 65
6. VOUS 83
7. ILS 93
8. ILS (2) 105
9. ELLES 117